이상과 나 사이

이상과 나 사이

초판 1쇄 인쇄 | 2020년 12월 24일
초판 1쇄 발행 | 2020년 12월 31일

지은이 | 김재희
펴낸이 | 박영욱
펴낸곳 | 깊은나무

편 집 | 이상모
마케팅 | 최석진
디자인 | 서정희 · 민영선

주 소 | 서울시 마포구 월드컵로 14길 62
이메일 | bookocean@naver.com
네이버포스트 | post.naver.com/bookocean
페이스북 | facebook.com/bookocean.book
인스타그램 | instagram.com/bookocean777
전 화 | 편집문의: 02-325-9172 영업문의: 02-322-6709
팩 스 | 02-3143-3964

출판신고번호 | 제2013-000006호

ISBN 978-89-98822-76-7 (03810)

이 도서의 국립중앙도서관 출판예정도서목록(CIP)은 서지정보유통지원시스템 홈페이지(http://seoji.nl.go.kr)와 국가자료공동목록시스템(http://www.nl.go.kr/kolisnet)에서 이용하실 수 있습니다.
(CIP제어번호: CIP2020050861)

이상과 나 사이

김재희 에세이

깊은나무

프롤로그

이상과의 인연으로 소설을 다섯 권이나 냈다. 그리고 이 책까지 에세이로 낸다.

중학교 때 처음으로 접한 그의 글들은 이상하게 나의 맘을 헤집어 놓았다. 1930년대를 힘겹게 살아간 청년 문인이 왜 1980년대를 사는 중학생에게 감정 이입되었는지 참 기이하다.

하지만 그의 글은 나이와 성별을 떠나, 누구에게나 꽂힌다. 그리고 답답하고 소심하면서 한편으로 삶을 긍정으로 성찰하는 심리 묘사를 잘해주므로 그런 듯하다.

이상은 미스터리한 시구로 잘 알려져 있지만, 소설과 수필을 보면 무척이나 다정다감하고 착한 남자이며, 아름다운 청년이다. 뜨거운 사랑을 했음에도 보내 주어야 할 때는 담대히 아픔을 속으로 곱씹으며 놓아주었다.

그리고 그 과정을 찬란한 문학으로 되살렸다. 그의 삶 속에서 금홍과 변동림 등의 여성들은 뮤즈로서 그리고 자애로운 어머니로서, 한편 그의 무능력한 일상을 처절히 일깨우는 역할을 맡았다. 특히 금홍과는 절절한 사랑과 고통을 주고받았다.

내 생각에는 금홍도 무능력한 애인이 참으로 답답하고 힘겨웠을 듯하다.

이처럼 명작 시구로 남는 이상은 생활인 김해경으로서 지질하고 가난한 삶을 구차하게 이어 갔다.

어쩌면 경성에서 가장 먼저 소소한 기쁨을 찾는 소확행을 시행한 인물이 아닐까? 커피가 좋고 친구가 좋고 글쓰기가 좋아 차린 다방이며, 수입품을 살 형편도 아니면서 지금의 신세계 백화점 자리에 있던 미쓰코시 백화점 옥상에 올라 모던보이와 포드 클래식을 내려다봤으니 말이다. 아니지, 그 당시 밥도 굶는 마당에 다방을 차려 매일 커피를 마셨으니 대확행이라고 봐도 될까나?

작품에는 늘 폐질환과 권태와 못 이룬 사랑과 서운함, 무기력함 그리고 미스터리와 담대함이 녹아 들어가 있다. 이러니 그는 영원한 팬덤을 거느린 스타 작가이면서, 일찍 사라짐으로써 더 멋진 모습만 짧고 굵게 남긴 댄디보

이인 것이다.

청년으로 기억되는 이상, 그의 모습과 작품을 이 책에서 조금이나마 살려 볼 작정으로 쓰기 시작했다. 더불어 그의 삶과 작품에 비쳐 나의 작가와 생활인으로서의 삶도 써 볼 계획이다.

모쪼록 내 소설로만 소통했던 독자들이 보다 더 깊게 나의 내면으로 들어와 주기를 바라면서 시작한다.

차례

프롤로그 4

1 나와 이상과의 인연 맺기

창문사 시절의 사진으로 이상과 소개팅하다 12
가족의 비밀과 죄책감은 글을 막기도 하고, 나가게도 한다 17
그들은 대체 어떤 아이들이었는가 23
작가의 짜릿한 연애 39
작가 경력과 결혼, 나의 남편 46

2 이상의 스타일과 재희의 스타일 비교

나의 플러스 사이즈 몸매 56
작가의 돈과 권태로움 61
작가의 호사 취미는 술과 담배? 69
작가의 육체적 고통 74
작가의 기나긴 프로필에 대하여 78

이상의 폐병과 나의 이석증 88

한국 최초 악플러들의 집중 공격을 받은 이상 93

3 이상과 나의 작품 활동에 관하여

나를 도와주는 사람들 100

소설에 있어서 뮤즈는 누구인가 110

30년간 감춰둔 비밀이 한 큐에 풀리다 118

해외로 뻗어나가는 한국 문학과 케이 스릴러의 필수 요건 123

4 죽음을 넘어선 미스터리와 영속적인 꿈과 미래

작가로서 데스마스크를 남겨두었는가 130

미스터리는 영원하다-추리소설 쓰는 40단계 특별 게재 136

에필로그 156

1

나와 이상과의 인연 맺기

창문사 시절의 사진으로 이상과 소개팅하다

1987년 중학교 2학년 때 일이다. 나름 셜록 홈즈, 아가사 크리스티, 소년소녀세계명작전집에다가 심지어 여성동아, 신동아 등 어른들 잡지까지 줄기차게 읽던 때다. 그때 신동아 잡지가 어느 정도로 수준 높았느냐 하면 세계명작의 자세한 줄거리를 알려줬는데, 마조흐의 《모피코트를 입은 비너스》를 소개할 정도였다. 아마 영상으로 보면 큰 충격을 받았겠지만, 활자로 되어 있어서 읽을 수 있었다. 지금도 공포영화는 무서워도 공포소설은 그럭저럭 재밌게 읽는데 활자는 음소거가 되어 있어서 그런지 그렇게 놀랍지 않다.

하여간 그런 나에게 절친 언니가 이런 말을 했다.

“네가 책 좀 읽는다고? 아무리 그래도 이상 소설은 이해 못 할걸?”

뭐어? 은근히 발끈했지만 그때 처음으로 이상의 〈날개〉를 찾아 읽었다. 이해됐다. 그리고 재미있었다. 결말의 ‘날자 날자 한 번만 더 날자꾸나’ 하고 독백하는 부분은 무척 통쾌했다. 그리고 이상의 〈거울〉 시에다 거울 속 얼굴을 보는 남자를 그려 시화전에 당당하게 출품하기도 했다. 이상을 상상하며 그의 작품을 탐독했다.

나는 아빠의 엄한 가르침과 장시간의 설교에 지쳤고, 그 스트레스를 동생에게 풀며 형제간에는 싸웠다. 1남 4녀의 가운데 낀 셋째로 불만이 많던 시절이었다. 사랑해 줬으면 하는 엄마는 늘 말이 없고, 방문을 닫고 들어가서는 나오지 않았다.

음, 그때 내게는 몇 안 되는 친구(신기하게도 가장 친한 친구 이름이 이상의 본명과 같은 김해경이다)와 책만이 숨을 트는 창구였다.

솔직하게 〈날개〉에 나오는 아내가 남편을 속이고 성매매하는 부분을 이해하지 못했다. 지금은 포털사이트에 검색하면 해설이 나오겠지만, 그 당시는 물어볼 데도 없었다. 하지만 작중 화자인 주인공의 마음은 전부 이해했다.

그때가 87년, 이상이 사망하고 50주년 되는 해다.

그리고 다시 이상을 적극적으로 만나게 된 건 2010년이다. 《훈민정음 암살사건》, 《색, 샤라쿠》 등의 역사추리소설을 쓰고 주목을 받아 추리작가협회에도 가입하고 나자, 추리소설을 본격적으로 써 보고 싶었다. 이왕이면 꾸준히 공부해 오던 역사 인물 중 탐정을 찾다가 이상이 창문사에서 근무하던 시절에 찍은 사진을 발견했다.

이상은 넓은 스트라이프 넥타이에 서스펜더를 차고 팔짱을 끼고 있다. 구불거리는 머리카락은 무척이나 댄디해 보였고 눈에는 총명함과 비밀스러움이 담겨 있었다.

그 뒤로 살짝 이상에게 기대선 구보의 일자로 자른 뱅머리, 대모갑 테 안경, 하얀 셔츠가 무척 지적으로 보인다. 뒤에는 기이한 초상화가 걸렸고, 에드거 앨런 포우의 〈도둑맞은 편지〉에 나올 법한 편지 걸이가 있다. 1930년대 경성에 셜록 홈즈와 왓슨의 사무실이 있다면 바로 이런 풍경이 아니겠는가 싶었다.

이럴 수가. 무릎을 탁 치고, 그때부터 이상과 구보를

콤비 탐정으로 정하고 그들의 작품을 읽어 나갔다. 기이하게도 이상은 미스터리한 시구, 명철한 지성과 직관적 날카로움 등으로 셜록 같았고, 구보는 그의 소설에서도 보이듯 객관적 관찰자적 시점으로 충실하게 왓슨 그 자체였다.

경성의 포스트 모더니스트였고 문화 테러리스트였으며, 정열적인 스마트 댄디보이들을 탐정으로 두니 더욱 멋스러움을 뿜었다.

게다가 일제강점기 시절 열정과 낭만을 쥐고 흔들던, 배고픔 속에서도 꿈을 찾아 현실을 벗어나고자 했던 그들이 희대의 악과 만난다는 게 매력적이었다. 줄거리는 뻗어 나갔다. 무한 상상력이 동원돼 미친 듯이 시놉시스를 적었다.

경성에도 살인마는 있었다. 연쇄살인범. 이상과 구보는 경성의 칙칙한 현실 속에서 일어나는 비참한 사건들을 접하고 하나하나 추리를 통해 풀어 나간다. 그 뒤에는 암묵적으로 지원해주는 단체 '구인회'가 있다. 이상에게 주어진 미스터리 시구들은 바로 사건을 풀어 나가는 암호들이다.

줄거리를 적었고, 그렇게 시리즈는 탄생됐다!

나는 《경성 탐정 이상》을 2012년 출간하고 그해 추리작가협회가 주는 한국추리문학대상을 수상했다. 인생에서 큰 영광이었고 작가로서 한 단계 올라섰다.

출간되자마자 방송사 피디가 달려와 방송 판권을 구매해 갔으나 안타깝게도 제작이 불발됐다. 현재도 여러 영화나 드라마 제작사에서 판권 구매 문의가 꾸준히 들어온다. 임자를 언제 만날지 모르겠으나 언젠가 영상화가 돼 큰 화면으로 볼 수 있기를 염원한다.

현재 《경성 탐정 이상》은 5권이 나왔으며, 한국추리소설계에서 역사추리소설이 5권까지 출간된 것은 근래에 드문 일로 이렇게나 장수하며 주목받은 것이 무척 영광스럽다.

2010년, 즉 이상 탄생 100년 후에 소설을 구상했고, 탄생 110주년이 다가오는 시점에 이 에세이를 쓰게 되니 이상과 내가 관련 깊다고 말하면 너무 오버인가. 아니 전혀 그렇지 않다. 한 인물과 중학생 때부터 장장 33년에 걸쳐 인연을 쌓았으니 보통 인연은 아닌 게다.

이 책에서 이상과 나의 인생을 논하면서 즐기고 한껏 놀아보련다.

가족의 비밀과 죄책감은 글을 막기도 하고, 나가게도 한다

이상의 생가는 종로 서촌 통인동에 있다. 사실 이곳은 이상이 태어난 곳이 아니라 세 살부터 20여 년간 머문 큰아버지집이다. 지금은 문화유산국민신탁이 문화유산으로 보존하고 있고 이상에 관한 자료가 많이 남아 있다.

왜, 이상이 큰아버지 집에서 살게 되었는가. 그는 아들이 없던 큰아버지 댁에 양자로 들어와 산 것이다. 여동생 김옥희는 신동아에 기고한 글에서 새로 들어온 큰어머니가 아들을 데리고 오자, 이상은 심적으로 압박을 받았다고 밝혔다. 이상은 〈공포의 기록〉이란 글에서 '그동안 나는 나의 성격의 서막을 닫아 버렸다'고 묘사했다.

유년과 청소년 시절을 보낸 곳이지만, 암울한 시절이었고, 한편으로 그림을 그리고 싶었지만 그림을 그리면 굶는다는 큰아버지의 말씀에 경성고등공업학교 건축과에 진학했다. 졸업 후에는 총독부에 들어가 일본인의 멸시와 차별 속에서 건축기사로 일했다.

나도 이 어린 시절의 일을 아동학대라는 모티프로 삼아 쓴《경성 탐정 이상 3》에 나오는〈문화주택에 사는 그림자 아이〉단편에서 차용했다. 소설에 이상이 잠시 유년 시절을 말하는 부분을 둔 것이다.

이상의 평생을 지배했던 예술에 대한 폭발적 열정이 어린 시절의 암울에서 비롯됐다면, 이는 그의 팬 입장에서 안타까움일까 아니면 다행일까.

이상은 다방을 영업하면서 생활비를 받으러 오는 여동생에게 늘 미안해했다. 큰집에 양자로 들어가는 바람에 부모님을 제대로 뵙고 살지도 못했다. 어머니, 아버지란 호칭도 어려웠을 것이다. 명문대를 졸업하고 총독부에 들어갔지만 곧 관두고, 무능력한 작가로서 누이와 부모님을 돌보지도 못했다. 게다가 몰래 집문서를 저당 잡히고 다방을 차렸다. 그리고 더 나아가 기생과 동거했다.

작가라지만 의미도 없는 시구를 남발한다는 손가락질도 받았다. 이상은 가족에게 여러 모로 죄인이 되어 살았다. 다행인 건 그걸 아주 심히 혼내고 훈계하는 가족이 없었다는 것 정도다. 그렇지만 엄청난 무게의 죄책감이 그를 힘들게 했고, 그걸 피하려 시와 소설을 써 댔는지 모른다.

나에게도 가족의 비밀이 있다. 아빠의 엄한 교육 속에서 자란 형제들은 저마다 심리적 트라우마가 있는데 유독 크게 앓은 자매도 있다.

하여간 압제적 교육 과정 속에서 공부에 매진했지만, 한편으로 일탈을 해 볼 기회도 거의 없어서 작가로서 왕년에 내가 이랬다는 자랑거리도 없다.

남자 친구를 사귀었는데 아빠가 마음에 안 들어 한 일과 치대나 약대를 가라고 했는데 의류환경학과를 갔다는 게 뜻에 거스른 정도였다.

작가로서 크게 죄책감을 겪은 적도 있다. 보육원에 있는 시설 아동들 이야기를 쓰고 싶어 자원봉사를 하고 책도 기부하고 후원도 하면서 아이들을 취재했다.

그런데 내가 작가라는 걸 밝히니 사회복지사 선생님은 "아이들이 목적성을 가지고 다가오면 상처받아요. 지난번에도 시설에 있는 아동의 아토피 발병을 주제로 논문 쓰시던 피부과 선생님에게 상처 많이 받았어요"라고 말했다.

"조심하겠습니다."

이 말로 시작된 봉사는 6개월이나 갔지만, 결국에는 아무런 작품도 쓰지 못하고 봉사를 관두는 것으로 끝났다. 부모와 떨어져 사는 아이들의 아픔은 어른인 나로서도 짐작할 수 없는 정도의 크기였고 고통이었기에 글로 표현할 수 없었다.

언젠가 비가 오는 날, 아이돌이 나오는 텔레비전 음악 프로그램을 보던 4학년 여학생이 조용히 휴대폰을 붙들고 입에는 피자를 문 채 눈물을 흘리는 걸 보았다. 그 옆의 세 살 정도 된 여자 아이는 무조건 내 품에 달려들어 털썩 주저앉았다.

그런데 그 상황을 보던 복지사 선생님도 4학년 여학생도 순간 고개를 얼른 옆으로 돌렸다. 누구에게나 안기는 아이가 안타까운 건지, 고개를 돌리는 심정을 다 읽어 내지 못했다. 아마도 그걸 이해하는 나이는 내가 철 든 나이

일 게다.

작가로서 작품을 쓸 때 뭔가 미안한 마음에 죄책감이 들면 글이 선뜻 나아가지 않는다.

나는 습작이든 어떤 작품이든 무조건 완결을 보았는데, 그 작품은 시놉시스를 쓰고도 나아가지 못했다.

이 글을 쓰는 지금도 뭔가 돌덩이처럼 가슴을 짓누르는 느낌이 있다. 이런 이야기는 함부로 말 못하고 친한 소수의 사람에게만 하는 얘기다.

비밀은 작가를 키운다. 그리고 아프게 하지만 작가에게 그걸 딛고 일어날 힘을 준다. 작가는 아픔을 딛고 용기를 내 작품에 매진하게 된다.

범죄 가해자의 누나여서 아픔을 겪는 인물을 그린 나의 장편《봄날의 바다》에 이런 장면이 나온다. 하느님이 고통으로 인간을 성숙하게 한다지만, 주인공 희영은 선택할 기회가 주어진다면 고통 대신 미성숙을 선택하려 한다.

어떤 게 나은 걸까. 고통을 통한 성장과 고통 없이 주어지는 미성숙함.

하지만 단언하건대 고통 없는 삶을 사는 사람은 없으

며 누구나 아픈 과정에서 자라고 일어선다. 그걸 긍정과 낙관으로 받아들이고 담담하게 맞서는 사람은 한 뼘 더 자란다.

이상이 좀 더 생활력이 있고 보통 사람이었다면 유년의 아픔을 딛고 잘 살았을지 모르나, 그러기에는 너무도 예술혼이 가득했다. 그래서 불꽃같은 삶 속에서도 읽는 이의 마음을 관통하는 아름다운 시구와 소설들을 남겼다.

그들은 대체
어떤 아이들이었는가

이상이 학창 시절 찍은 사진들이 있다. 통인동 이상의 집에 가보면 이 사진을 엽서로 만들어 선보이고 있다. 경성고등공업학교 졸업 앨범의 명함 사진도 있고, 여장을 하고 찍은 단체 사진도 있다. 캔버스에 그림 그리는 사진, 제도하는 사진도 있다. 모두 성숙하거나 익살스러운 이중적 느낌이다.

눈은 그윽하고 길게 꼬리가 뻗었고, 코는 오뚝하고 입술은 두툼하다. 귀는 약간 들렸고 전반적으로 얼굴형은 갸름하다. 얼굴이 무척 작은데, 헤어스타일은 풍성한 머리카락을 옆 가르마 타서 단정하게 넘겼다.

이상은 누상동의 신명학교에 입학해서 그림에 재능을 보였다. 열한 살에 동광학교에 입학했고, 학교가 보성학교로 병합돼 보성고등보통학교를 졸업했다. 교내 미술전람회에서 유화로 입상했다. 그는 화가가 되고 싶었지만 양아버지인 큰아버지가 화가보다는 확실한 직업을 권유해서 경성고등공업학교(지금의 서울대 공대) 건축과에 입학했다.

큰아버지가 화가라는 직업은 먹고살기 힘드니 기술을 배우라 해서 이상이 서운해했다는 일화도 전한다. 이상의 친아버지는 대한제국 때 궁내부 인쇄소에서 일하다가 손가락 세 개가 잘리고 이발소 일을 했다. 이상의 집이 무척 가난했기에 큰아버지가 평생 먹고살 기술을 배우라고 적극적으로 권한 것이다.

이상은 졸업 후 총독부를 3년 정도 다니다 그만두고 알다시피 작가가 되고 기생과 동거하며 다방을 차려, 가난하게 세간의 손가락질을 받을 만한 길을 걸었다.

나, 재희를 살펴보자, 재희는 대림여중, 동일여고, 연세대학교 의류환경학과를 졸업하고 패션 관련 직장을 2년 정도 다니다가 IMF 사태 탓에 구조 조정의 길로 밀려났다.

뒤늦게 MBC 아카데미 드라마작가반에 들어갔다.

그리고 과정 이수 후에는 시나리오작가협회 산하의 영상작가교육원에 들어가 전문반, 창작반 등 전 과정을 수료했다. 결혼 후에도 창작열을 불사르면서 김희재, 고 신봉승 시나리오 작가가 있던 추계예대 대학원 영상시나리오학과를 들어가《색, 샤라쿠》소설을 논문 시나리오로 써내고 졸업했다.

아이고 숨 차라, 한마디로 가방 끈으로 본다면 이상보다 무지하게 길다. 작품은 음, 훨씬 못 미치고.

이상이 천재적 시인에다 소설가라면 재희는 항상 부단히 노력해서 겨우 조금씩 단계를 밟아 올라갔다.

이상은 천재적인 그림 실력을 지녀(이는 그가 그린 수많은 신문 삽화를 보면 알 수 있다) 조선건축회지 표지도안 공모전에서 1등과 3등을 동시에 수상하는 등 다양한 상을 탔다. 반면 나는 수십 년간 노력해도 시나리오작가협회에서 주는 뱅크 공모전 한 번, 시놉시스 공모전 한 번, 추리문학대상을 수상했다. 물론 추리문학대상은 추리작가협회에서 수여하는 그해의 가장 뛰어난 추리장편에 주는 상으로서 무척 영광스런 상이다. 워낙 추리문학에 주는 상이 없다시피 하니 유일한 상이다.

나는 2012년 이 자랑스러운 상을 《경성 탐정 이상》으로 탔다.

추리문학대상을 타기 전, 100번 넘게 공모전에 넣었고 본선에는 올랐지만 수상한 적이 거의 없다. 예전에는 제본된 책으로 공모를 받아서 인쇄소, 우체국 직원이 "작가님 또 오셨네" 하면서 늘 반겼다. 그도 그럴 것이 거의 한 달에 서너 번은 공모전 서류와 작품을 인쇄하고 부쳤으니 말이다.

동료 작가 중에 공모전 수상 운이 좋은 작가가 몇 있다. 여러 공모전에서 큰 상을 받고 상금도 크게 받아 깜짝 놀란다. 이들을 보면 사주에 관운이 있다거나, 운이 좋다거나 그런 것보다 공모전 주최 회사의 콘셉트를 파악해 알맞은 작품으로 심사위원 눈에 들게끔 노력해서 좋은 결과를 낸다.

난 손재주가 없는 편이다. 엄마가 손이 작고 예쁘다고 손재주가 있을 거라고 늘 말씀하셨지만 요리도 뜨개질도 바느질도 머리 손질도 글씨 쓰는 것도 서툴다. 아이라이너 등 눈 화장은 엄두를 못 낸다.

"네가 치과의사나 성형외과 의사, 미용사가 됐으면 아마도 여러 사람 울렸을 거야."

주변에서 이 말을 종종 하는데, 인정한다. 대신 창의성을 발휘하는 건 잘해서 대학교 때 재봉으로는 혼났지만, 일러스트로는 칭찬을 받았고, 지금은 글을 써서 추리작가가 되었다.

공모전보다 사람을 만나면 그들의 도움이 계약으로 이어져 책을 내는 경우가 많았고, 그 전에는 드라마 작가로 그럭저럭 돈 받고 일했다.

그러니 공모전에 떨어진대서 울 일은 아니다. 그 작품이 여기서 맘에 안 든다고 다른 데서도 선택 못 받는 것은 아닐 테니 부지런히 출판사에 투고해 볼 일이다.

이상이 고등학교 때 미술로 상을 탄 반면, 나는 단편소설을 썼다는 이유로 선생님이 부모님을 학교로 부르신 적이 있다.

중학교 3학년 때 국어 선생님이 개인 문집을 만들라고 해 나는 문집에 '날개'라는 제목을 당당히 붙이고 《노인과 바다》, 《무녀도》 등의 감상문을 썼다. 그리고 자작시, 수필, 단편을 실었다.

여기에 수록한 짧은 소설 하나가 딱 걸렸다. 공장에 다니던 순호라는 18세의 미성년 직원이 화재 사건의 범인으로 몰려 감옥에 간다. 하지만 범인은 사실 아버지 대부터 원한이 얽힌 민섭이라는 왕초 격의 선배다. 이를 1인칭 관찰자인 '나'가 얘기하는 것이다.

제목은 〈눈물〉. 선생님은 중학생이 이런 소설을 써냈다고 칭찬하면서도, 당시인 80년대는 노조와 정부 갈등이 심하던 때라 혹시 내가 사상 교육을 받았는지 걱정했다.

엄마가 학교로 와서 그런 일 없다고, 학교 외 다른 데는 가지 않는다고 증언했다. 그 문집은 지금도 가지고 있는데 여기에 그 소설을 공개한다.

이 소설을 어디에라도 공개하고 싶었는데 마침 기회가 생겨 하련다. 원문 그대로 공개한다.

눈물(김재희가 1988년 쓰다)

나도 모르게 눈물이 잠깐 흘러내렸다. 얼굴의 굴곡을 따라 흐르는 눈물은 보기 드물게 굵고 제법 방울졌다. 나는 재빨리 눈물을 감추려고 했으나 곧 어머니께 들켜

버렸다. 그러나 나의 어머니, 나의 어머니는 그것을 짐짓 모르는 체 등을 보이셨다. 나는 더욱 굵디굵은 방울덩어리들을 흘렸다. 어머니를 보고 눈물을 흘리게 된 적이 한두 번이 아니고 퍽이나 많고 또 오래되어 왔다. 어머니를 보면 괜히 청승맞게 눈물이 나오는 채로 맞게 된다. 그 버릇은 내가 열여덟 살부터 생겨 나왔다.

꼭 열여덟 살이었다.

당시에 나는 고학하는 꿈 많은 학생이었다. 이상도 높고 세상에서 떠들어 대는 소위 권세라는 것도 바라고 또 원대한 포부 내지 소원도 있는 평범한 소년, 그것이 나였다. 비록 공장에서 낮에는 고될 정도로 일하지만 밤에 공부하러 가는 기쁨은 무엇보다 크고 재미있었다. 아무 거라도 하나라도 더 안다는 것이 좋았고 또 으스대고 싶었고 남에게 가르쳐 주고 싶었다. 힘들지만 좋았다. 또 다른 좋은 점은 나 또래의 아이들과 같이 먹고 자고 일하고 공부한다는 점이었다. 어머니와 있을 때의 답답함은 없고 무언가 짜릿하게 통하고 시원스런 내 또래의 그들이 마냥 좋아 무턱대고 그 패들과 어울렸다. 나와 그들, 우리들은 무지를 비웃기 위해 공부하고 또 가난을 웃어 주기 위해 일했다. 그렇지만 두 가지의 달성은 힘들고 멀고 먼 것이다. 그래도 나는 '시골보다는' 하는 생각으로 견디어 나갔다.

내가 가족들(가족이라고는 어머니와 여동생뿐이지만)과 소식이 끊긴 지 어언 2년이 지나고 나서야 가까스로 그들 생각과 그에 대한 그리움이 줄고 의지력이 생기고 힘이 나고 악착같이 살겠다는 결심이 자연스럽게 자리 잡게 되었다. 그러나 어쩔 수 없이 무너지고 눈물이 사나이답지 못하게 났다. 주루룩 뚝뚝, 그리고 남몰래 흐느끼기도 하게 된다. 그럴 때마다 친구들을 보면서 이를 악물고 참아 버린다. 내가 계속 울면 그들도 울어 버리게 된다. 속으로 참고 참고 하다가 드디어는 속의 뜨거운 그것이 터져 버리는 것이다. 모두는 아니지만 대다수가 운다. 그래서 되도록 남의 아픈 곳을 울리는 울음을 금기로 삼았다.

그러나 그러나 그래도 나는 흐른다.

이곳 아이들은 나와 비슷한 처지나 환경 속에서 나온 아이들이 대부분이다. 나처럼 농사짓기 싫어 상경했다는 순호, 보육원에서 나왔다는 철순, 가족이 굶은 꼴을 보다 못해 직업전선에 뛰어든 민수 그리고 우리의 왕초격인 스무 살 난 민섭. 이 모두가 나와 같이 먹고 자면서 일하고 공부하는 친구이자 동반자이자 스승이다. 그 중 나의 단짝은 순호이다.

나와 같이 농촌에서 도망 나왔다는 점이 공감대를 형성하였지만, 나는 무엇보다도 그의 고운 성품과 과묵하고 말이 없지만 열심인 태도에서 존경 내지는 사모하고 있는 것이었다.

때로는 큰 눈이 여자 같다고 놀림도 주는 나지만 속으로는 깊이 존경했다. 그래서 둘은 친할 수 있었고 서로 말을 많이 나눌 수 있었다. 나와는 특히 친했지만 그를 좋아한다는 점은 누구에게나 공통점이었다. 그런데 글쎄 왕초는 얘기가 달랐다. 일부러 순호를 못살게 굴고 일을 더 많이 시키며 나까지도 괴롭히거나 순호와 다니지 못하도록 공갈까지 부린다. 그렇지만 숱한 역경을 헤치고 나온 나로서는 눈 하나 깜작 안 하고 순호와 여전히 다정했다.

어느 날, 아니 그 날은 추석 연휴지만 나에게는 여느 일요일과 다를 점이 없었다. 그러나 마침 그날만은 예전과 다르다. 두툼한 봉투가 내 품에 있었으니 말이다. 삼 개월간의 밀린 봉급, 그리고 추석 연휴 보너스가 들어 있으니 무엇보다도 귀중했고 자랑스러움이 밀려들어 왔다. 그 기쁨을 역시 지니고 있을 순호와 즐기기 위해 기숙사 문을 밀고 들어섰다. 작은 방 구석진 곳의 순호는 무언가 끄적거리고 있었다. 나는 조용히 다가서리라 마음먹고 살금거렸으나 그는 이내 알아채고 조용히 앉고 끄적거리던 것을 살며시 내렸다. 나의 관심은 그것에 쏠렸다.

"뭐니, 순호야?"

"응? 아, 이것. 가족들에 보내는 편지야."

나는 갑자기 가족 생각이 나면서 눈이 풀렸다. 여태까지 나의 소식은커녕 잘 있다는 엽서 한 장 안 띄우고 크게 되면 찾아가 잘살게 하리라는 마음으로 나 자신의 못남을 스스로 위로하고 덮어둔 것이었다. 그래서 월급날, 약간은 죄책감과 나의 무능력을 비탄하면서 그 돈의 일부를 저축해 두곤 했는데 순호가 편지 쓴다는 얘기를 들으니 그 앞에서 저절로 고개가 숙여졌다. 편지를 쓰고 있다는 말은 들어서 알지만 그때마다 그러려니 흘려보내던 나는 그 현장을 직접 보게 되니 또 눈물이…….

그 후 나는 돈을 대부분 모아 두고 일 푼이라도 더 보태었다. 그러나 소식 줄 용기는 없었다. 그리고 순호가 더 존경스러웠지만 한편으론 배신감이 때때로 났다. 나와는 다르다는 점에서.

여느 때와 다름없이 공장에서 돌아와 공부하러 갈 준비를 하는데 저쪽에서 왕초가 나를 불렀다. 나는 곧 다가가서 그를 쳐다보는데 그는 아무 말도 안 하더니 그냥 싱거이 가는 것이다. 그의 의아한 태도에 나는 아무렇지도 않게 넘기려 했지만 뭔가 마음에 걸렸다. 그러나 공부를 하러 가서는 곧 잊어버린 중이었다.

"불이닷, 불이야!" 이 경황 속에서 나는 반사적으로 뛰쳐나갔다. 기숙사에 불이 났다. 활활 타는 속에서 모두 조금이라도 불을 꺼보려고 이리 뛰고 저리 뛰었으나 불은 더욱 그 힘을 과시하듯 세게 타올랐다.

포기하고 멍하니 바라볼 수는 없다. 곧 이어 소방차가 경찰차와 동반하여 시원이 물을 끼얹고 진압을 했다.

모두 놀라고 분노에 치떨었다. '이건 분명히 누구의 소행이야.' 모두는 이것이 자연적으로 일어난 것은 아니라고 생각했다. 경찰도 그렇다고 했고 불이 날 이유는 없으니까.

난 그때 왕초가 의심됐다. 저녁때의 행동 때문만은 아니다. 난 그를 미워했으니 그가 의심스러울밖에, 그가 순호를 학대한다는 점이 싫어 왔었다. 직접 나타내지는 않았으나 매우 싫었고 화가 났어 왔다.

범인이 잡혔다. 순호다. 말도 안 된다. 나는 떨렸다. 그가 자백을 순순히 했다고 한다. 불이 날 시각에 순호가 기숙사 근처에 있었다고 증언하는 왕초도 있다고 한다. 그 순간도 눈물이 나왔다. 굵은 방울 눈물이 나왔다.

'순호는 범인이 아니야, 범인은…….'

난 정말로 시골집으로 가기로 마음먹었다. 그리하여 난 떠났다. 나의 돌연 출현에 어머니는 눈물을 나처럼 흘리셨다. 당신의 주름진 이마에는 더욱 깊은 잔주름이 패이고 손에는 더욱 거친 피부가 덕지덕지 들러붙어 있었다. 정말로 나도 눈물이 흘렀다. 그리고 어쩔 수 없이 와락 껴안고 정말이지 어린아이같이 엉엉 울었다. 내 어머니의 품은 따스하고 포근하지만 허전했다. 더 울어

버렸다.

어머니가 해 준 얘기에 난 더 울었다. 여동생은 나 떠나고 1년 있다가 폐렴에 죽고 없다. 약도 못 쓰고 그 흔한 병원도 못 가고 그것도 오빠 없이 서러이 죽었다고 한다. 평소 약해서 내가 많이 돌봐 주고 잘 대해 주던 여동생이 가 버리다니 너무나 많이 잊어 왔다. 여동생까지.

그러나 아직도 나에겐 어머니, 그리고 감옥에 있을 순호가 있다.

매우 놀라운 일이지만 내 어머니는 실로 순호와 닮으셨다. 아니 그 어머니와 아들이래도 곧이 믿을 만큼 닮으셨다. 예전에 몰라 왔던 점을 이제야 깨달았다. 그걸 깨달을 즈음 순호에게서 소식이 왔다. 2년을 살게 돼 있으나, 모범수로 나왔다는 기쁜 소식이었다. 그리고 그도 농사를 짓기로 결심함을 편지에 비쳤다. 그때도 눈물이 남을 느낄 수 있었다. 나는 열심히 농사를 지어 어머니 마음만은 편하게 해 드렸다. 정신적으로는 나도 행복했으나 알지 못함을 서글퍼하는 마음도 가끔씩 들었다.

그러던 중 또 다시 세월이 흘렀다. 그리고 또 순호의 편지가 왔다. 갑작스런 편지에 놀랐다.

그리운 나의 벗에게

지금 밤은 깊이 흐르고 밖에 비가 오신단다. 그동안 너와 나는 소식이 끊겨 와서 너를 잊어 왔지만 오늘 갑자기 네가 생각나 펜을 들었어. 그동안 공장에서 생긴 친한 사이는 아직도 변함없을 거라고 생각 들어. 그리고 이 편지를 보내는 진정한 목적은 너에게 기쁜 소식을 전하기 위해서야, 오랫동안의 설득과 노력으로 민섭이 형(왕초)이 나와 의형제를 맺고 농사를 지어. 나에게 잘 안 대해 줘서 싫던 민섭이 형도 이제는 이해가 가고 그리고 오히려 기분이 가벼워졌어. 내가 지금 무슨 말을 하냐고? 그렇지, 넌 모르고 있겠구나.

난 전부터 민섭이 형과는 간접적으로 알았지. 우리들의 아버지를 통해서, 그리고 미움이라는 감정 속에서. 내 아버지는 민섭이 형 아버지께 잘못하셨던 점이 있어. 민섭이 형 아버지는 그만 사업을 망치시고 그 후 은둔 생활을 해 오셨어. 그 점이 형에겐 사무쳐서 우리 아버지와 나를 미워했어. 난 그걸 알았지, 학교 가는 나를 가끔 때리고 윽박질러 왔으니까. 후에 우리도 가난해져 시골로 다시 이사 오고 나는 도시로 돈 벌러 가고 우연히 민섭이 형을 만나게 되었어.
날 못살게 굴던 형이 처음엔 두려워 싫었지만 이해하게 되었지.
화재도 형의 잘못이었지만, 난 내가 아버지의 대가를 치르기로 결심하고 형의 원대로 해주었어. 나는 1년간 괴로움 속에 많은 것을 깨닫고 느꼈지. 그리고 나와서는 형과 농사를 짓게 되었어. 물론 그렇게 되기 전까지 꽤 오랫동안 설득해 왔지. 참 어려운 나날 속에서 이제는 행복한 나날로 바뀌었지.
이제 그만 써야겠어. 옆에서 형이 불 끄라고 성화야. 잘 있어, 그리고 어머니께 안부 전한다. 자 안녕.

19○○년 ○월 ○일

순호가

추신: 네가 나를 이해해 주길 바란다. 후일에 꼭 너를 보러갈게.

편지를 다 읽고 나서 또 눈물이 핑그르 났다. 그리고 순호의 얼굴이 쉽게 떠올랐다. 그 후로 난 순호를 닮은 어머니만 보면 눈물이 나왔다. 어머니의 고생에 대한 죄책감적인 눈물이기도 하지만 순호의 마음과 얼굴이 생각나 흐르는 눈물인 듯도 하다.

지금 보아도 그렇게 나쁜 구조의 글과 문장은 아닌 듯하다. 중학교 때 이 정도의 글을 쓸 수 있었던 건 독서와 매일 읽은 신문 덕분이다. 아빠가 화장실에 가지고 들어가 본 다음 거실에 둔 신문은 젖어 있어 좀 꺼려졌지만 그래도 처음부터 끝까지 정독했다. 그때는 별로 볼 만한 게 없던 시절이다. 휴대폰도 없던 시대니. 그리고 권인숙 성고문 사건 대서특필 보도를 보고 손을 부르르 떨었던 기억도 생생하다. 지금은 그 피해자 분이 최초의 성폭력 상담소를 열었고 인권에 관한 여러 업적을 남겼다.

이 소설 외에도 여러 편의 수필과 편지글과 독후감 등이 실려 있는 문집은 버리려다 결혼하면서도 끝까지 가지고 온 것인데 지금 여기 지면에 밝힐 기회가 생겨 무척 뿌듯하다.

작가의
짜릿한 연애

이상은 초현실주의 미스터리한 시만 썼으니 연애 시는 없는 거 아니야? 하고 생각하겠지만 천만에. 그의 시와 소설, 수필에 많은 여성이 등장하고 연인, 아내 그리고 어머니 여동생 등 가족에게 미안함과 사랑함을 절절이 표현한다.

〈꽃나무〉라는, 이름도 낭만적인 시에서는 열심히 꽃을 피워 제가 생각하는 꽃나무에 다가섰지만 막 달아났다고 감정을 표현했다. 사랑하는 연인 앞에 제대로 서지 못하는 마음이었다.

피카소, 쇼팽, 고흐 등 예술가들은 사랑하던 여인을 뮤즈로 삼아 작품 활동을 했다. 연인은 그들의 작품에 영원히 남았다.

집 근처에 교보문고 천호점이 있어 여태현, 이묵돌, 김유명 등 작가들의 북토크에 종종 가본다. 이들은 인스타 팔로워도 수만 명이 넘고 토크쇼 장에 찾아온 젊은 여성 팬들이 아기자기한 선물을 주고 간다. 그들은 글 쓰는 방법을 얘기하고 자신의 시를 낭독하며 아름다운 산문을 읽어 준다.

장르작가가 캐릭터를 사이에 두고 독자와 감정 이입을 한다면, 그들은 바로 단어와 문장으로 소통하므로 더 빠르고 감성적이며 직접적이다. 짧은 글의 일부분을 매일 인스타그램에 올리면 독자들의 반응이 뜨거워지는 것이다.

이상도 금홍과 결별하고 다른 여성을 뜨겁게 홀로 짝사랑하다가 차이기도 했고, 변동림과 사랑에 빠져 정식 결혼까지 했다. 그에게 연인은 끝없이 다가와 창작력과 삶의 에너지를 주었다.

나도 고등학교 때 옆 학교 남학생을 좋아해서 말도 못한 채 스쿨버스를 기다리면서 조용히 아침마다 쳐다보았다. 대학교 때는 미술 동아리에서 나에게 호감을 표시한 다른 과 남학생을 만나 백양나무 숲에서 도란도란 이야기하고 손 붙잡고 떨리는 감정을 느꼈다.

하지만 점차 상대방의 사랑의 크기가 내 것보다 크단 걸 알고 그의 사랑을 테스트하고, 못되게 굴면서 군림하려 했다. 그는 나의 변덕과 못됨을 받아들이지 못하고 이별했다. 나는 뒤늦게 잘못을 깨닫고 다시 만나려 전화와 편지를 했지만 볼 수 없었다.

사랑은 밀당이라고 한다. 한쪽이 좋아하는 마음이 앞서거나 더 크면 다른 쪽은 그를 밀쳐 내려 하면서 관계의 위에 올라서려 한다. 소통이라지만 시작부터 호감의 크기에 따라 서열이 갈린다.

상대의 마음을 저울질하면서 네가 나를 그만큼 좋아하는데 이건 견디겠지 하면서 괴롭히기도 하고 혹은 무언가를 요구하기도 한다.

나도 입시 중에 아빠의 호통과 강압을 겪었고, 엄마의 무덤덤한 애정 표현에 항상 사랑을 갈구하면서 나를 누군가 먼저 좋아하면 그걸 순순히 받아들이지 않고 상대를 시험했다. 그럼으로써 그동안 받지 못한 사랑을 보상받고 싫어 했다.

그렇게 시작되는 연애의 갑질로는 결국 좋은 결실을 보지 못한다.

종종 작품 구상 겸 산책하러 가는 올림픽공원의 능선 벤치에서 사랑이 시작된 알콩달콩한 꽁냥꽁냥한 연인들을 본다. 세상의 온갖 기쁨을 다 가진 듯한 그들의 득의만면한 표정에서 사랑의 위대함과 치유 능력을 본다. 사랑을 하고 서로에게 애정을 표현함으로써 처해 있는 아픔을 잠시 잊고 온전히 행복의 충만함에 빠진다.

누군가 나를 그 자체로 받아들이고 좋아함으로써 생기는 자신감과 자존감은 어디에서도 쉽게 얻지 못한다. 그만큼 사랑은 상대를 일어서게 하고, 아름다워지게 하면서 생동감과 활력 넘치게 한다.

한편으로 사랑이 끝나면 그보다 더 비참한 상황은 없는 듯 모든 활기가 사라지고 비참과 절망에 허우적댄다. 사랑의 경험이 인생을 성장시키는 자양분이 된다지만, 세 겨루기를 하다가 그 사람을 떠나보낸다. 그러고 나서 내가 다른 누군가를 먼저 좋아하는데 그가 내 위에 군림하려 하고 나를 마음대로 하려 든다면 그보다 더 슬픈 일이 있을까.

사랑은 소통하고 서로 이해해 존재 자체로 받아들이기에 아름다운 것인데, 밀당과 감정싸움과 세력 다툼이 결별로 이어진다면 사랑의 찬란함만큼 그 그림자는 어두울 것이다.

나이가 들면 갱년기 장애 탓에 눈물이 철철 넘친다는데 오히려 나는 눈물이 메말라 간다. 크게 동요하지도 않고 영화를 보고 울지도 않는다. 그러면서 연애와 결혼 과정을 지나 이제는 체력에 부치는 애타는 사랑과 실연의 감정을 겪지 않아도 된다는 데 안도한다.

작가는 한 사람의 연인이 생길 때마다 그 사람의 생각과 삶에 호기심이 생기고, 그 삶을 대신 살아 보고, 그만 생각하며 하루를 보낸다. 한 사람의 온전한 인생을 대리 체험하니, 세계관이 확장되면서 작품을 만들 활력이 생긴다.

비혼 싱글은 대세이고 비연애도 일상이라지만, 지금 이 시간 나를 완전히 받아들이고 기뻐해 주면서 좋아해 주는 사람이 나타나면 얼마나 설레겠는가.

강하늘이 연기한 〈동백꽃 필 무렵〉 드라마의 용식이는

무작정 연인에게 사랑을 표현하면서 들이댄다. 용식은 신선한 캐릭터로 인기를 얻었다. 요즘같이 SNS로 몰래 살피고, 썸 타기까지도 엄청나게 망설이며 말도 제대로 못 걸고 포기하는 시대에, 좋아하니까 날 받아들이라는 용식이가 새롭고 예쁜 것도 당연하다.

지금 이글을 쓰는 시점은 11월이다. 연인과 볼 연말 콘서트 계획을 잡고, 솔로들은 소개팅으로 연인을 만들려는 시점이다. 하지만 곁에 누군가 없어 쓸쓸하다면 이 장소를 권해 본다.

아이가 관악산 공원에 자원봉사하러 간 다섯 시간 동안 공원 입구의 시 전문 도서관에 갔었다. 수천 권의 시집이 있는 곳으로 여중생 두 명이 교대로 마이크에 대고 시낭송을 한다. 나직하고 진솔하고 솔깃한 목소리로 아름다운 시 구절을 들려준다.

나는 그곳에서 김소월, 김춘수, 정지용, 박목월, 김남주, 나태주, 기형도를 다시 만났고 그들의 목소리를 들었다. 일어서려는데 김춘수의 〈꽃〉이 나를 붙잡는다. 도서관 구석에 누구나 사랑하는 이에게 감성 담은 글을 적어 보낼 수 있도록 꽃무늬 손 편지지가 비치돼 있다.

마음이 툭 열리면서 감성이 물꼬를 열고 터져 나왔다. 이상의 〈꽃나무〉 시는 이렇게 끝난다.

한 꽃나무를 위해 그러는 것처럼 나는 이상스러운 흉내를 냈소.

시를 외운다는 것, 낭송한다는 것이 지금은 이상스럽고 드문 일이지만 용기를 내서 시 도서관을 방문해 마이크 앞에서 사랑하는 사람을 위해 시를 낭송해 보는 건 어떨까.

작가 경력과 결혼, 나의 남편

이상은 금홍과 동거를 하고 영원한 작품들을 써냈다.

그는 단편 〈봉별기〉에서 그 생활을 담담히 묘사했다. 이상은 그 후 친구 구본웅의 이모쯤 되는 먼 친척(구본웅의 새어머니의 친정아버지가 늦게 새장가 들어 낳은 딸)인 변동림과 결혼했다. 변동림은 무척 지적인 여성으로 이상과 문학 토론을 즐기다 정식으로 결혼을 올린다. 비록 4개월의 짧은 결혼 생활이었고 이상이 일본으로 건너가 만날 수 없었지만, 그가 죽기 전에 곁을 지켜 주고 유골을 가지고 돌아온 담대한 여성이다.

훗날 그녀는 한국의 대표 서양화가인 김환기와 결혼해

프랑스 소르본 대학교에서 미술사를 공부하고 평론가로 거듭났다. 이름도 김향안이라고 김환기가 지어준 이름으로 개명했다.

이상은 만 27세에 갔지만 그녀는 재혼도 하고, 수필가로, 평론가로, 그리고 유명 화가의 부인으로 살다가 90세 가까이 돼 세상을 떠났다. 이상의 죽음이 미스터리가 된 데에는 그의 얼굴을 뜬 데스마스크가 실종되었고, 그의 방에서 나온 손수레로 실어 나른 유고가 없어졌다는 게 큰 몫을 하는데, 변동림은 그 과정에서 모든 걸 지켜본 증인이자 유가족이었다.

심지어 이상이 죽기 직전에 먹고 싶어 한 과일이 멜론이다, 아니다 레몬이다라는 의견이 학계에 분분했는데, 변동림이 멜론이라고 확실하게 말해 줬다는 일화는 유명하다. 그 자리에 있었으니 확실하다.

지적이고 평온하며 안정적인 삶을 추구하는 변동림과 휘몰아치는 예술 감성에다 매사 열정이 끓어오르며 미스터리한 이상은 어쩌면 안 어울리는 부부였다. 내 생각에는 말이다. 4개월의 부부 생활은 죽음으로 끝났지만 이상이 계속 살아 있었다면 그 끝은 해피엔딩은 아니었을지도 모른다.

나의 결혼은 2001년에 시작돼 아직도 진행 중이다.

결혼하던 날 우리는 태국으로 신혼여행을 떠났다. 나중에 이야기를 들으니 1월 그 날 어찌나 눈이 펑펑 오던지 신랑의 고향으로 돌아가던 버스 안에서 걱정도 많이 했지만 잘 살 거라는 덕담도 주고받았더란다. 무슨 일을 도모하는데 비나 눈이 오면 잘 풀린다는 속설이 있다. 그 덕인지 딸을 하나 낳고 잘 살고 있다. 아니, 엄청 싸우기도 싸웠고 서로 화가 나 밀치기도 했지만 손에 꼽을 정도다. 이제는 싸우려다가도 포기하고 내가 침대에 드러누우면 조용히 남편이 들어와 사과하는 걸로 끝이 난다.

육아 탓에 신경이 곤두서고 힘들 때면 무작정 아이를 맡기고 도망쳐 시외버스를 타고 하남까지 가서 돌아다니기도 했다. 그가 거는 수십 통의 전화를 스킵하고, 그러다 결국 못 이기는 척 돌아왔다.

남편은 직업이 건축기사인지라 시공하러 전국을 다니고 발령을 받아 해외로 여러 번 나갔다. 주말 부부, 기러기 부부로 오래도록 살았다.

남편과 떨어져 사니 좋겠다는 사람도 있고, 측은해 하는 사람도 있었다.

나로서는 떨어져 살면, 남편의 잔소리 안 들어 좋은 점도 있고(엄청나게 깔끔한 성격에 설교와 잔소리는 긴 시간 이어진다), 같이 살면 내가 운전을 잘 못하는데 자동차 타고 다닐 수 있어서 좋았다.

그리고 출간 계약이나 판권 계약에 관해 혹은 사회생활에 관해 잘 모를 때는 알려 주었다. 표지 선택도 늘 물어봐서 따랐다. 남편은 책을 좋아하지 않지만, 하루에도 수십 명의 사람과 소통하니 조언을 잘했다. 신기하게 우리 딸과 남편은 내 책은 단 한 권도 읽은 적이 없다. 남편이 책이 나오면 줄거리를 술술 말하기에 어떻게 아느냐고 물으니 인터넷으로 보면 된다고 해 웃은 적도 있다.

《경성 탐정 이상》 주제곡을 작곡가를 써서 만들라는 둥, 관련 회사 사업증을 내라는 둥, 출판사를 차리라는 둥, 교육업체를 만들라는 둥 현실적 조언을 하지만 나는 내 능력에 비해 벅차고 사람들 만나는 일도 힘겨워 엄두를 못 낸다.

가끔 강연이나 북토크, 인터뷰 사진을 남편에게 톡으로 보내주면,

"음, 멋진데. 사람들이 다 알아보는 것 아니야? 알아서

모시겠습니다. 근데 살 정리해!"

이렇게 답문 톡을 보낸다.

난 늘 '잘 알았습니다' 하고 답을 하고.

뭘까. 부부라기보다 친구처럼 한곳을 지향하는 편이다. 남편은 회사 일이 힘들면 업체 사람들 이야기를 내가 듣기 싫어 해도 귀까지 다가와서 달달달 말해 준다. 나중에는 그 사람들 얼굴이 술술 보일 지경이다.

그런다고 내 소설에 등장시키기에는 적당치 않다. 회사 일만 듣는데 어떻게 캐릭터로 발전되겠는가. 단편적인 일화로는 발전시킬 수 있지만.

하지만 혹시 재미난 캐릭터가 나오겠는가 싶어서 또 조용히 듣는다. 그러다 지쳐 쓰러질 지경에, "알았어요, 이제 그만!" 하고 두 손을 든다.

언젠가는 같이 차를 타고 가다가 폴바셋이 보여 남편이 얼른 다녀오라고 커피 심부름을 시켰다. 여름에 날이 더워 그런지 사람들이 길게 줄을 서 있었다. 20여 분이 흘러 아이스커피 한 잔만 겨우 사 왔는데, 차가 사라졌다.

둘러보는데, 저만치 건너편에 차가 달려오는 게 보였다. 뒤차에 밀려 돌다가 돌아오는 것일 게다. 그 순간 남편이 내가 차를 발견한 것을 모르는지 크게 외쳤다.

"야! 김재희!"

어찌나 그 소리가 크던지 지나가던 사람들이 뭔 일인가 싶어 돌아보았다. 나는 길을 건너 차에 타고 커피를 건네며 타일렀다.

"오빠(아직도 이렇게 부른다), 만약에 내가 김성종이나 히가시노 게이고처럼 유명한 추리작가가 되어도 '야, 김재희!' 하고 노상 한복판에서 부를 거야?"

"어?"

남편은 멋쩍게 웃으며 운전하고 커피를 마셨다.

언젠가는 냉장고 안의 나물 등을 꺼내 돌솥비빔밥을 만들어 남편 방으로 가져다주었다. 남편은 따로 자기 방에서 잔다. 아이 낳고부터 내가 아이와 잠을 자고 남편은 새벽에 회사를 가고자 따로 자던 게 이어진 거다.

사생활과 편이성을 위함이다. 옆에서 뒤척이고 코를 골면 잠이 잘 오지 않는다. 작가라는 존재는 작건 크건 자기만의 온전한 독립 세계관을 지녔다. 아니 인간이라면 누구나 그럴지 모른다. 그러니 밤이라는 우주를 홀로 의연히 맞는 것도 좋다.

하여튼 일요일 아침에 거한 아침상을 침대에 차려 주면, 이렇게 말한다.

"야, 이 음식 모양 봐라. 이거 찍어서 김재희 작가가 차려준 아침상이라고 페북에 올린다."

이러니 내가 남편의 페친 신청도 딱 거절할밖에. 먹성은 좋아서 어떻게 차려도 음식을 남기지 않고 다 먹어 대리 만족이 되기도 한다. 난 살찌는 체질이니 함부로 먹을 수 없다.

그래도 긴 세월 내가 힘든 시기에 곁에 있었고, 고등학교에 입학한 아이가 학교가 잘 안 맞다고 전학하려 하자 오랜 시간 해외 통화로 아이를 붙들어 맨 사람이다. 하늘이 도왔는지, 다른 학교 편입 시험에 붙어 잘 다닌다.

그때 아이가 진짜 학교를 관두겠다고 교복을 입고도 몰래 어디론가 새고, 나와 같이 일주일 동안 빵집이고 공원이고 돌아다닐 때는 죽는 줄 알았다. 이대로 자퇴하는가 싶어서.

남편은 곁에는 없었지만 전화를 걸어 아이를 잡아 주었다.

그런 그가 늘 이렇게 말한다.

"내가 너 글 쓰는 거는 인정하겠는데, 다른 것은 말이지……. 일단 설거지하고 그릇 배치가 잘못됐고, 빨래는 그렇게 개는 게 아니야. 그리고 세탁은 이렇게 해야 하고, 운전은 진짜 못 해. 화장도 일단 그게 아니고, 옷은 색이 안 맞아. 신발 그게 뭐야. 그 가방을 왜 오늘 들고 나가. 피피티는 정말 그거 아니다. 요즘이 어떤 시대인데."

잔소리 퍼레이드는 이어지지만, 편집자에게 이런 푸념을 했더니, 그래도 잘 도와주니 그럴 만도 하다는 답변도 들었다. 난 피피티 만드는 것도 압축 파일 정리해 보내는 것도 그렇게 썩 잘하는 건 아니다.

남편도 가끔 "너 작가 경력 그거 에디터가 도와 그 정도인 거야"라고 하는데, 작가라는 사람은 꼼꼼한 듯 보이나 너무도 허술해 속없다는 평을 자주 듣는다.

아가사 크리스티도 자신이 너무도 정신머리가 없어서 각 방마다 옮겨 다니며 글을 쓴다고 자서전에 밝혔다. 작가만 그런 게 아니겠지만 유독 그렇다. 빈틈이 많아 창작할 상상력이 피어나는지도.

여기까지 읽고 "이거 김재희 작가는 남편이 너무한 것 아니야 73년생의 김지영 아니야?"라고 할지 모르겠으나, 걱정 마시라. 나도 하는 만큼 주고받았으니. 그래야 부부 아닌가.

2

이상의 스타일과
재희의 스타일 비교

나의 플러스 사이즈 몸매

이상은 경성의 패셔니스타이며 모더니스트로 알려져 있다. 앞서도 말한 1936년경 창문사 근무 시절의 사진만 봐도 그렇다.

반쯤 접어올린 하얀 셔츠에 서스펜더를 차고 두꺼운 스트라이프 패턴의 넥타이를 맨 채 팔짱을 끼고 서 있는 모습은 현대의 프레타 포르테(세계적 의상 박람회)에서 걸어 나온 모델 같다.

하지만 이상이 정말로 당대의 패셔니스타였을까? 그의 여동생이 1964년 신동아에 기고한 글을 보면 전혀 아니다.

헤어스타일은 구불구불한 채로 빗질도 안 하고, 항상 누워 뭔가 골똘히 생각하다 나갈 일이 있으면 벽에 걸린 셔츠와 겉옷을 함께 겹친 옷에 팔을 넣었다고 한다. 그러다 이상이 팔을 외투에는 넣고 셔츠에는 집어넣지 않아 소매 하나가 빠져나와 덜렁거리며 흔들렸다는 것이다. 한마디로 꾸미려 의도치 않았는데 아방가르드한 그 풍모가 하나의 아우라가 된 덕분에 댄디한 모던 보이로 보인 것이다.

그렇지만 아빠에게 이 사진을 보여주니 1930년대에 이 정도로 양복을 갖춰 입은 사람이면 유학파나 대단한 집안의 자제가 분명하다고 했다. 먹을 것조차 구하기 힘들고 길거리에 아사하는 사람이 즐비하던 시절이었으니 이상은 박태원과 더불어 지식인에다 쟁쟁한 가문의 아들이었음이 분명하다. 하지만 지금과 마찬가지로 직업이 작가이니만큼 늘 돈이 궁했을 것이다.

내 스타일은 지금 40대 중반에서야 어느 정도 틀을 잡았다.

사실 내 몸매는 늘 부피감이 있었다. 대학교 때 잠깐 50킬로그램대였지만 이후에는 60킬로그램을 초과했고 지금은 비밀이다.

가슴과 엉덩이에 지방이 몰려 있고 전반적으로 큰 체구가 콤플렉스였다. 늘 다이어트한답시고 뭘 먹지만, 결국 먹는 걸로는 살을 못 빼는구나, 하고 체념했다. 어쩌다 과격한 운동으로 살을 빼도 요요현상으로 다시 제자리였다.

강연무대에 설 때면 살쪄 보일까 걱정했고 사진을 찍어도 뒤로 빠졌다. 그리고 몇 년 전까지만 해도 텔레비전이나 영화, 패션쇼, 심지어 강연에 나오는 사람은 모두 다 날씬하고 말라야 한다는 통념에 나도 빠져 있었다. 심지어 대학교 때는 보통 체격이었지만, 친구들이 40킬로그램대이다 보니 상대적으로 뚱뚱하다는 놀림을 받았다. 수십 년 동안 마른 몸매란 정상 몸매나 아름다운 몸매와 같은 말이었다.

그런데 요즘은 세상이 바뀌었다. 김지양, 유승옥 등 마르지 않은 모델들이 나오면서 다양한 몸매를 인정하는 분위기가 생겼다.

"언니, 그 모델 알아? 진짜 끝내주게 멋져."

동네에 사는 학부모 한 명이 커피를 마시다 누군가를 보여 주었다. 애슐리 그레이엄이라는 미국의 플러스 사이즈 모델인데, 정말로 곡선미를 제대로 보여 주는 몸매였다. 이외에도 이스크라 로렌스, 캔디스 허핀, 아나스타샤 키비코 등 수십 수백 명의 유명한 글래머 모델들이 세계 여러 곳에서 활발히 활동하며, 인스타그램 팔로워가 천만 명이 넘기도 한다. 그때 난 다시 눈을 떴다. 몸피가 큰 게, 부피감이 있는 게 부끄러운 게 아니구나!

애슐리 그레이엄은 이렇게 멋진 말을 했다. 운동은 살을 빼기 위한 게 아니라 체구가 작든 크든 건강하고 에너지 넘치는 삶을 위한 것이라고.

난 그동안 몸을 감추느라 박스티나 후드티를 입었고, 무조건 실루엣이 드러나지 않는 옷을 입었다. 행사장에 갈 때는 박스티를 입는 게 어색해 재킷을 걸치는 바람에 더 펑퍼짐하고 어중간한 실루엣이 부자연스러웠다.

그런데 플러스 사이즈 모델들의 인스타그램을 보니 옷을 피트하게 딱 맞게 입으면 훨씬 자연스럽고 곡선의 아름다움도 있으며 날씬해 보였다. 그래서 지금에서야 니트로 허리 라인을 드러내면서도 나이에 맞는 우아한 패션을 선호하게 되었다. 비싼 옷을 입는 건 아니고, 실루엣이 단정하고, 라인이 정리되는 옷을 입으니 사진 찍는 데도 자신감이 생겨 페북 등의 SNS에 내 사진을 올렸다. 작가는 얼굴 자체로 자신의 작품에 신뢰성을 주는 것을 잘 알기에 활동하는 사진을 적극적으로 올렸다.

지금은 페이스북이 내 사진첩이 되어서 그것을 보고 '아, 1년 전에 이런 강연을 했구나' 혹은 '이 서점에 가서 사람들과 만나 북토크를 했구나' 하고 추억을 떠올린다.

이상은 의도치 않게 지적인 힘과 상상력으로 자신의 스타일을 완성했고, 나는 몸매에 대한 열등감을 자신감으로 커버하면서 스타일을 바꿨다.

지금도 솔직히 '살 빼야 되는데……' 할 때가 많지만, 예전처럼 남이 내 외모를 지적하지 않을까 하는 걱정에서 오는 두려움에서는 해방됐다. 나이 들어 타협하고, 또 내 작가 경력이 쌓이면서 그에 대한 자부심이 생겨서 그런 것도 있지만 더 나아가 신체의 다양성에 대한 긍정적 변화가 한몫했다.

한편, 그 시절에 모던보이로서 구불거리는 머리를 휘날리며 소매 하나를 빼먹고 거리를 지팡이로 따각따각 짚던 이상이야말로 남의 시선을 두려워하지 않는 진정한 패션 강자였다.

작가의 돈과 권태로움

누군가 나에게 이렇게 말했다.

"남편이 가져다주는 돈으로 편하게 글 써서 좋겠어요."

아이고, 정말 타인의 삶과 세계관을 너무도 모른다. 타인의 인생을 깊게 들여다보지 않고서는 뭐라 말할 수 없는 건데.

사실 서운했다. 남편이 해외로, 지방으로 발령받는 일이 많아, 간혹 도움을 주는 분이 있었지만 나머지 시간은 내가 육아를 책임졌다. 추리작가협회에서 해마다 개최하는 여름추리소설학교도 근 10년간 아이와 다녔다.

그리고 어쩌다 영상 판권이라도 팔면 아파트 대출금을

갚았다. 시댁과 친정 용돈도 드렸다. 작가로서 시작한 이상 돈과는 거리가 먼 생활에 익숙해야 하고 절약을 하며 뚜벅이로 살아야 한다. 그리고 어쩌다 벌어도 어쩌다 버니 계획 없이 돈이 새 나간다. 그래서 아예 절약과 근검을 몸에 배게 한다.

그리고 글쓰기가 편하다니. 신윤복이 정조의 밀명으로 우키요에 화가 샤라쿠로 위장해 스파이로 활동하는 내용의 《색, 샤라쿠》를 쓸 때는 미술사 관련 책들을 어렵게 구해 거의 100권 가까이 들여다봤다. 아침 9시부터 저녁까지 봤으니 참으로 기특하던 시절이다. 지금은 그렇게는 못한다.

사실 이 에세이를 잡기까지 거의 한 달 반 동안 쉬면서 한량처럼 놀았다. 작가로서 글도 손에 안 잡고 소재도 안 찾고, '에이 모르겠다 어차피 수익도 그냥 그런데' 하면서 쉬었다. 내 딴에는 정말 놈팡이나 된 것처럼 살았다지만, 정작 논 것도 아닌 게 그냥 아이 학교 보내고 늦잠 자고 밥 먹고 장 보았다. 대신 글이나 구상하는 걸 게을리 했다. 대충 책도 보고 싶은 것만 골라 읽고.

근데 그렇게 사는 게 사는 게 아니었다. 남도 못 쓰게 한답시고, 글 쓴다는 동료 작가의 시간을 빼앗았다.

이상이 일찍이 시골서 요양하며 겪은 권태로움을 집에서 몸소 체험했다. VOD로 영화도 보고 넷플릭스도 보고, 헬스클럽도 일주일에 두세 번은 가 보고(원래 한 번 가는데), 마트나 시장도 자주 가 보고 그랬다.

글 쓰는 것과 돈, 수익성의 문제도 골몰해 봤다. 일본 추리작가들은 워낙 시장 판도가 커서 전업으로 하다 보니 월급처럼 벌려고 두 달에 한 권도 써낸다. 처음에는 우리도 그렇게 됐으면 싶다가도 '아니, 어찌 두 달에 한 권을!' 하며 놀란다. 생각이 그렇게 술술 나오나 하는 걱정이 든다.

한국 추리작가의 돈을 살펴보자.

책을 계약하면 큰 규모의 출판사는 3000권 초판 인세, 대략 450만 원을 나눠 준다. 선인세 300만원에 초판 뽑고 나머지 150만 원을 입금한다. 그리고 쇄를 다시 찍을 때마다 전에 찍은 쇄의 인세를 지급한다. 이외 강연료 30~40만 원, 칼럼 집필료 20만원, 어쩌다 로또처럼 영상 판권이 팔리면 천만 원이 넘는 돈을 한 번에 만져 보기도 한다. 정말 가뭄에 콩 나듯이라는 말처럼 어쩌다 한 번이지만.

그러니 연봉이란 게 잘돼야 2천이 넘고, 못되면 천만 원, 그 이하면 700만 원 등 들쭉날쭉하다. 그러면 작가는 무조건 손해인 게 아닌가 싶지만, 회사원처럼 하루에 8시간 이상 근무하는 것은 아니니 시간당 페이로 보면 그럭저럭일 게다. 늦잠 자거나 노는 날도 꽤 있고.

나는 글이 안 나오면 그날을 쉰다. 썼다 지우고 그러느니 잘 나올 때 써두려고 한다.

참, 이건 내 상황이고, 신인은 그보다 적을 수도 있고 당근 유명한 작가는 훨씬 높을 거다. 그리고 웹소설 작가 중에는 엄청 수익성이 높은 작가도 많다. 수익이 낮은 작가도 비례적으로 많을 거다. 웹소설 작가는 더군다나 매일 연재라 시간도 상당히 투자해야 한다.

작가의 이런 상황이 딱 망가지기 쉬운 상황이다. 시간은 남고 들어오는 돈은 적으니 헛된 짓을 꿈꾼다. 하지만 작가는 성향이 소심하고 겁이 많으니 그렇게도 안 된다. 그냥 집에서 조용히 책이나 보고 페북이나 인스타나 들여다본다. 영화나 미드를 보거나.

어쩌면 요즘 청년의 알바 비정규직 인생을 10여 년 전부터 미리 살았다고나 할까. 그래도 동료들이 큰 사고나 아픈 것 없이 잘 살고 부부 중 한 명은 생업이 있어 굶지 않으니 다행이다.

내 주변 작가들은 밍크코트도 없고 벤츠도 없고 굳이 타려고도 안 하고 명품도 모른다. 오로지 글을 써서 헐값에라도 계약할 생각에 미쳐 있으니 일반 직장인과 다르게 순진하고 고지식한 것 같다. 그래도 야망 있는 작가는 바쁘게 일정을 잡고 다작을 한다. 아니면 출판업에 손대거나 방송인으로 산다.

추리작가는 한편으로 공무원, 기자, 변호사, 농부, 치과의사, 교사, 회사원, 프리랜서, 홍보 글쓰기 등등 다양한 직업을 동시에 가지고 있다.

경성도 다르지 않았다. 이상도 다방을 영업하고 염상섭은 신문사 편집국장으로 일하면서 글을 썼다. 다만 염상섭은 아내도 얻고 아들딸도 연달아 낳아 기자를 하면서 소설을 서너 군데 연재하는 등 바쁘게 살았지만, 이상은 다방에서 문우들과 교우하는 데 시간을 공들여 썼다.

한가로운 싱글의 삶이다. 금홍이 아내라지만 이상이 오히려 금홍이 번 돈을 썼다. 작품에 나오는 그와 아내의 모습을 살펴보면 그렇다.

참으로 권태롭다는 생각이 드는 게 작가는 시간이 남아돈다고 글발이 신나게 홱홱 나오는 것도 아니요, 글발 나온다고 작품 내줄 데가 줄 선 것도 아니요, 출판사 퇴짜 맞기 일쑤요, 퇴짜 맞을까 작품 가슴에 안고 끓이기 일쑤요, 당최 그렇다.

돈은 또 어찌나 찔끔찔끔 나오는지. 출판시장이 줄면서 인세도 줄었다. 그렇다고 웹소설에 도전하려니 나이가 들어 감각도 무디고 새로운 문장과 구성법을 터득해야 하니 장벽도 높다.

천생 책 작가, 추리작가로 남는데 어차피 이 일 하는 사람 얼마 안 되니 남으면 빛 보는 거 아니야? 하는 일념으로 일한다지만 참으로 권태롭다.

이처럼 권태롭도다, 글 쓴다는 일은.

그러니 동료를 두고 어디까지 썼느냐고 숙제 검사라도 하지 않으면 오늘 놀고 내일 놀고 모레도 논다.

다행히 더 놀기 전에 입금된다는 말에 이 에세이를 집필하는 중이다. 글을 쓰기 시작한 지 수십 년이 지나는 동안의 상념과 속에 끓인 묵은지가 많아 술술 풀어낸다지만 이 글도 얼마나 팔려 좋아하는 비빔국수 값이 몇 그릇이나 나올지, 원두커피 값이 몇 잔이나 나올지 계산해본다.

돈 좋아한다고 하면 속물이라 여길지 모르지만, 돈 없이 이 세상 살 수 있나.

참으로 돈과 권태로움은 붙어 다니는 속성인 게다. 이러다가 또 교정교열 내일까지 봐 달라면 목숨 걸고 눈에 불 켜고 들여다보며 열불 내면서 일하지만, 그러다가 몸살 나면 아니 내가 무슨 부귀영화를 누리자고 이러나 싶어 쉬이 가라앉는다.

이래저래 경성이나 서울이나 작가라는 족속을 들여다보면 하루키같이 마라톤 너끈히 뛰는 작가는 드물고 참으로 나태하고 권태롭고 그리고 가난하다. 운동도 참으로 게을리 하고.

내가 일주일에 한 번 가는 헬스클럽도 안 가는 작가들이 많다. 그런데 또 이런 나태함 속에서 번득 글감이 떠올라 삘(feel) 받아서 쓰면 또 끝내주는 글이 나온다.

이러니 무당이 작두 탄 듯, 신기가 돌아 몰아지경에 빠져 쓰는 맛에 이 업을 내다 버리지도 못하니 어찌할 수 없다.

개척교회 목사, 주부, 영업사원. 이 세 직업군은 일한 만큼 보상을 받지 못해 낙담과 우울감에 빠지기 쉽다는 심리상담사 말이 떠오른다.

작가도 당연히 여기에 들어가지만, 그 억압을 작품으로 풀 때의 쾌감 탓에 바보같이 우보로 한 보 한 보 걸어간다. 내가 다른 직업을 가졌으면, 아마 작가들을 보고 깔깔대며 이 바보들아! 하고 시원스레 소리치겠다만 내가 그 구덩이에 발을 담그니 우적우적 소보루 빵이나 먹으면서 글을 쓴다.

작가의 호사
취미는 술과 담배?

이상은 〈약수〉라는 수필에서 몸은 골골해도 약수보다 약주를 좋아한다고 했다.

> 누가 술만 끊으면 내 위해 주마고 그러지만 세상에 약물 안 먹어도 사람이 살겠거니와 술 안 먹고는 못 사는 사람이 많은 것을 모르는 말입니다.

이어 또 다른 수필에서는 담배꽁초를 마흔아홉 개나 수북이 쌓았다고 말한다.

하지만 이상하게도 작품에서 주인공이 술과 담배를 하

는 모습을 그리 많이 묘사하지는 않았다. 오히려 병원, 약, 요양, 신문물 등을 주로 다뤘다. 하드롱이라는 다갈색 수입산 종이나, 조셋트라는 옷감, 리그레추잉껌 등을 구체적 상표명이나 단어로 쓰는 것으로 보아 백화점의 물건을 주의 깊게 구경한 것 같다.

하긴 지병을 앓고 있는 몸에 술과 담배를 과다하게 했으면, 아마 각각 수십여 편의 시와 소설과 수필은 써내지 못했을 것이다. 그리고 동료 문인에 의하면 이상은 시를 쓰고 또 여러 번 고쳤다. 천재성에 더불어 끊임없이 노력한 것이다.

그렇다면 왜, 수필에는 호기롭게 술과 담배를 하는 것처럼 묘사했을까? 지금도 나에게 '작가는 술이지' 하는 사람이 종종 있는 걸 보면, 음…… 아마도 염상섭처럼 술을 과다하게 즐기는 분위기가 문단에 있었기 때문 아닐까.

나는 술에 관해서는 할 말이 없다. 히가시노 게이고가 긴자의 바를 자주 간다든지 염상섭이 술 마시고 일제강점기, 서슬 퍼런 시절, 관공서 문을 발로 찼다는 등 술 관련 일화가 숱하게 많은데 비해 난 참 없다.

대학생 때 엠티를 가서 선배들이 부어 주는 소주를 분

위기에 젖어 마셨는데 그만 소주 한 병에 취해 누워 자다가 가까스로 일어나 토했다. 지금도 식겁하는데, 누워서 토했다면 지금 이 자리에서 글을 쓰지도 못했을 것이다.

그리고 KBS에서 어린이 드라마를 쓸 때는 종영 파티 날 너무 마셨다가 택시 타고 집으로 도망쳤다. 집으로 와서는 그대로 쓰러졌다. 알코올 분해효소가 없어서 많이 마시면 컨디션이 급격하게 안 좋아지니까 집으로 쏜살같이 달려와 쉰다.

술을 토해 내지 않으면 다음 날 워낙 고생하니 차라리 오바이트를 하는 게 낫다. 그리고 추리작가협회 야유회가 있던 날에는 누가 자몽 소주를 가져와서 단 맛에 마구 마셨다가 어떻게 집으로 오기는 했지만 무척 힘들었다.

이런 게 여태까지의 큰 경험담이다. 그러니 술도 잘 모르고 마실 줄도 모르고 잘못 마셨다는 죽을 수도 있다. 담배도 정말 허탈하고 속상할 때나 무료할 때 집 다용도실에서 한 가치를 태우기도 했는데, 1년에 반 갑도 안 되는 정도였으니 술과 담배와는 거리가 멀다. 당연히 술 종류도 모르고 와인 맛도 모르겠다.

대신 스트레스가 쌓이면 전화로 동료 작가와 수다를

떨거나 동네 언니들과 올림픽공원에 가서 운동도 하고 꽃, 단풍 구경하면서 이야기를 꽃피운다. 힘든 점은 바로 털어내고 도움을 청하거나 아이 성적 관리나 입시도 물어 본다.

올림픽공원을 떠나기 전에, 아이고 공원에 짐만 덜고 가서 미안하네, 하는 마음도 든다.

추리작가 중에 술 잘 마시는 선배도 꽤 계시지만, 그래도 술 마시고 싸우는 일은 드물다. 아마도 형사사건을 연구하다가 술 마시고 우연히 한 대 쳤는데 상대방이 사망했다는 등의 강력사건을 접하며 정신 무장을 하게 된 것 같다.

이번에는 음식을 말해 보자.

추리작가협회 모임은 거의 같은 식당을 잡고 같은 메뉴, 예를 들어 불고기 등을 먹는다. 한번은 신입 회원이 "아니 왜 같은 식당에 네 번씩이나 가요?" 하고 묻는 게 아닌가.

우리는 단 한 번도 그게 이상하다 여긴 적이 없었는데 아니었나 보다. 그래서 그날은 다른 곳을 갔다.

사실 추리 관련 얘기라면 어느 장소에서든 좋았다. 그

리고 강력사건이나, 죽음의 원인, 소설의 트릭과 구조를 말하기 시작하면 끝도 없었다. 예전 강형원 협회 회장님이 양구에서 군 법무관 생활을 할 때, 세 시간이나 걸리지만 협회 모임에 나갔다 들어가면 그렇게 기분 좋을 수 없었다고 말하던 게 기억난다.

지금도 협회의 막내 작가인 박상민 공보의는 고향인 대구에서 올라와 협회 모임에 참석하고 내려가니 참으로 추리 이야기에는 묘한 매력이 있는가 보다.

박상민 작가는 20여 년의 나이 차가 나는데도 우리들과 곧잘 어울리고 뭉치는 데다 페이스북 프사에 협회의 백발머리 선배들 사진을 올려놓는데, 참 기특하다.

그리고 트릭과 휴머니즘적 주제 의식이 있고 본격 미스터리에 능한 조동신, 심리 묘사와 문장이 좋은 공민철, 기이한 트릭과 구성이 탄탄한 김범석 등 후배 작가들은 뛰어난 실력이 있어 앞으로 작가 경력이 기대된다.

하여튼 이상은 호사가이지만 술과 담배는 그다지 즐겨하지 않았을 거라 추리할 수 있고, 현대의 추리작가들은 술, 담배는 호불호이고 호사가라기보다는 그냥 덤덤하게 살고 있다고 볼 수 있다.

작가의 육체적 고통

디스크가 나가서 수술을 하고 고통 때문에 고생하는 작가들을 많이 보았다. 작가뿐 아니라 직장인과 학생도 보았다. 나도 글을 쓰는 시간이 적지 않아서 고민하던 차에 중학생 자녀를 둔 학부모에게서 이런 이야기를 들었다.

자녀가 허리 고통 때문에 힘겨워했는데 정형외과에서 도수 치료를 받으면서 목부터 허리 아래까지 전신 교정대를 맞췄다는 것이다. 100만 원 가깝게 돈이 드는데 수업 시간 내내 교복 안에 입고 있는다고 했다.

나는 이거다 싶었다. 당장 대학 병원 근처의 의료기 전문점으로 가서 의료용 복대와 자세 교정대를 샀고 교보나

인터넷에서는 메모리폼 방석과 등받이, 손목 보호대나 목 깁스 등을 샀다. 그리고 기계식 키보드 때문에 손가락이 아리니까 바이크 장갑도 끼고 일을 시작했다. 이렇게 자세를 고정하니 목이 머리를 지탱하는 힘도 덜 들고 어깨나 목과 허리 통증이 나아졌다.

아이언맨이 슈트를 입고 싸움에 나서는 것처럼 전신갑옷을 두르고 일을 하니 택배 기사님이 목 깁스를 보고 어디 다쳤냐고 묻기도 했다. 귀찮지만 고통 받지 않으려고 이렇게 하고 일을 한다. 그럼 네 시간 이상 작업해도 끄떡없다.

척추 디스크는 서 있거나 걷거나 누우면 눌리지 않는데, 컴퓨터 작업을 장시간 하면 눌려 탈이 난다. 서서 일하는 키보드 책상도 있지만 늘 서 있기도 힘들어 그것보다는 이렇게 여러 장치를 착용하고 일한다.

1주일에 한두 번 정도 아무리 귀찮아도 헬스클럽에 가라고 작가들에게 권한다. 트레드밀이나 렛풀다운으로 운동을 하고 바이크를 타거나 철봉에 매달리는 것만으로도 허리와 어깨 근육이 붙고 고통이 경감된다. 작가들이 보통 칩거하는 생활을 선호하지만 이런 간단한 운동으로 디스크 질환을 예방할 수 있다.

보통 강연 나가서 작가로서 필요한 것을 세 가지 말해준다.

건강과 돈, 동료 작가.

건강은 앞에서 말했고 돈은 아무래도 작가로서 수익을 얻는 게 쉽지 않으니 전업으로 하기보다 직장을 가지거나 부모님, 배우자의 지원을 받는 걸 추천한다. 홍보 글 알바는 나도 예전에 많이 한 일이다.

그리고 시간이 넉넉하게 전업으로 일한다고 아이디어가 퐁퐁 나오는 건 아니니 직장에서 사람들을 만나면서 캐릭터를 발전시키고 인간관계의 진면목을 보고 작품의 주제 의식을 살리기를 권한다.

동료는 정말 절실히 필요하다. 작가의 일이란 길고 지난하고 수익성도 적고 누가 나를 알아주지도 않으니, 괴로움을 토로하고 집필의 어려운 부분을 소통하면서 이해해 줄 동료가 절실하다. 작가들이 모이는 교육원이나, 강좌 등에서 친구를 사귀어 두라.

요즘은 출판 수익이 많이 줄어들었다지만, 평범한 직장인 두 명이 콜라보로 시집을 낸다든지, 자신의 돈으로 에세이를 만든다든지 하는 독립출판이나 기획출판 시장은 많이 커졌다.

무척 바람직하다. 누구나 작가가 되면 인생이 한 단계 성숙해진다. 글에 몰입하는 과정은 겪어본 자만이 안다. 물론 모든 일이나 예술 작업이 그렇겠지만, 자신의 감정을 있는 그대로 이해하기 쉽게 표현해 타인과 소통하는 건 충만감을 느끼게 한다. 사람에 대한 희망과 열정을 되찾고 신뢰성을 획득하는 과정이다.

당장 시집을 사서 읽고, 추리소설에도 입문해 보고, 북토크에도 가 보기를 권유한다. 그리고 글과 익숙해져 자신만의 글을 써서 출판하기를 권한다.

작가의 기나긴 프로필에 대하여

한 번은 추리작가협회에서 발간하는 계간 미스터리 잡지에 엄청나게 긴 프로필을 소설 뒤에 넣은 적이 있다.

지금 생각하면 웃음밖에 안 나온다. 협회 잡지는 작가에게 작품을 마음껏 집필하게끔 재량권을 주어서 웬만하면 편집을 안 한다. 한 마디로 잡지의 신속성 덕분에 생, 날것을 그대로 발표할 수 있는 귀한 지면이다. 출판사 에디터 같으면 당장 반으로 자르라 했겠지만, 협회 에디터 역시 작가들이라 글쓰기의 애로 사항을 워낙 잘 알기에 서로의 자존심을 지켜주면서 그대로 가는 편이다.

그 결과로 이런 재미난 일이 벌어졌다.

단편소설 꽁무니에 붙은, 한 페이지가 넘는 대형 프로필을 보고 얼마나 웃었는지.

김수한무거북이와두루미삼천갑자동방삭처럼 길게 이름을 지어 작가로서 장수하길 바라는 염원이 담겨 있는 걸까 싶기도 하고 어찌됐든 재미있는 프로필이다. 프로필은 다음과 같았다.

> 연세대학교 졸업, 추계예술대학교 문화예술경영대학원 영상시나리오학과 석사학위를 받았다. 디자이너로 일하다가 시나리오작가협회 산하 작가교육원에서 수학했다. 시나리오작가협회 뱅크 공모전 수상, 엔키노 시놉시스 공모전에서 대상을 받았으며 강제규 필름에서 시나리오 작가로 활동했다.
>
> 2006년 데뷔작《훈민정음 암살사건》으로 '한국 팩션의 성공작'이라는 평가를 받으며 베스트셀러 작가가 되었다. 역사 미스터리에 몰두,《백제결사단》《색, 샤라쿠》《황금보검》등을 출간했다. 낭만과 욕망의 시대 경성을 배경으로 시인 이상과 소설가 구보가 탐정으로 활약하는《경성 탐정 이상》으로 2012년 한국추리문학 대상을

받았다. 2016년 서정스릴러 《봄날의 바다》로 국내 서정 스릴러 소설의 지평을 열었다는 평가를 받았다.
《경성 탐정 이상 2: 공중여왕의 면류관》을 연이어 발표했고, 《경성 탐정 이상 2》는 그해 세종도서 문학나눔 부문에 선정되었다.
2017년에 《경성 탐정 이상 3: 해섬마을의 불놀이야》를 발표해 탐정 이상 시리즈의 안정적 순항을 독자에게 약속했고 김재희 추리월드를 열었다는 세간의 평가를 받았다.
2018년에 《유랑탐정 정약용》과 《섬, 짓하다》(2014년 발간)의 후속작 김성호 프로파일러 시리즈 《이웃이 같은 사람들》을 발표했다. 신윤복이 정조와 김홍도의 명에 의해 일본에 건너가 샤라쿠 풍속화가로 일한다는 역사추리 모티프에서 시작된 《색, 샤라쿠》는 영화화가 진행 중이며 캐스팅 작업 중이다.
한국추리작가협회에서 《계간 미스터리》 편집위원과 이사직을 역임했다. 《경성 탐정 이상 4》와 고한추리마을 배경 미제사건을 풀어나가는 감건호 민간 프로파일러와 청년탐정들, 포털 카페인 '왓슨추리연맹' 운영진들이 대활약을 펼치는 추리소설을 집필하고 있다.

현재 후배 추리소설가를 양성하기 위해 추리소설 쓰는 법을 연구해 작법서 시리즈를 낼 계획이다.

참으로 길기도 하고 자화자찬에 크레이지한 프로필이다. 게다가 작법서는 아직 시작도 안 하고 있다. 나같이 쓸데없이 연차만 쌓이고 수익이나 명성은 미미한 작가가 이런 반면, 이상은 이렇게 프로필이 붙는다.

시인 이상, 소설 〈날개〉와 시 〈오감도〉를 발표하였다.

우와아아, 얼마나 단출하고 멋진 프로필인가.

아니, '시인 이상' 그거 하나면 된다. 누구나 아는 작가이자 유명인사.

나는 구구절절 프로필을 장편소설처럼 대형으로 써 붙이지만 아직도 멀었다. 저 프로필이 두세 줄로 줄어들 때가 가장 화양연화 같은 시간일 것이다.

명함이 필요 없는 사람을 강연장에서 많이 본다. 텔레비전과 라디오에 나오고 유튜브에 나오는 사람들. 신문에 칼럼을 쓰고 이름만으로 강연장에 사람을 불러 모으는 사람들. 종종 내가 작가임을 밝히고, 명함을 드리지만 정작 그분들은 거의 명함이 없었다.

나도 강연장에 설 때가 있다. 다가오는 분에게 내가 쓴 소설을 꾸역꾸역 뒷면에 욱여넣은 명함을 드리기도 하지만 마침 다 떨어졌을 때는 이렇게 말씀드린다.

"포털에서 제 이름 검색하셔서 페이스북 연동으로 들어오시면 됩니다. 연락하시고 싶으면 페북 메시지 주세요."

이런 식으로 나와 연락을 취할 수 있다. 하지만 그냥 다짜고짜 비즈니스나 특별 용건 없이 "안녕하세요, 나이가 어떻게 되세요?"라는 메시지에는 대꾸하지 않는다.

신기한 것은 이 분들이 몇 달 있다 또 같은 메시지를 보낸다. 나에게 보낸 걸 까먹었나 보다.

하여튼 명함이 필요 없는 유명인과 연락하고 싶다면 어떻게든 그 사람이 책을 낸 출판사나 그 사람이 소속된 협회 등을 통해 연락이 가능하다. 먼저 해당 당사자에게 이러이러한 분이 연락하고 싶다는데 연락처 드려도 되는지요 하고 에디터나 협회 사무국장이 묻는다. 그리고 허락하면 연락처를 알려 준다.

사실 나도 유명인은 아니지만, 협회나 출판사를 통해 예전 여고 동창이 전화를 하고 잡지의 에디터나 라디오 피디님이 연락처를 묻는다.

연락처를 알려 주어도 좋으냐는 질문에 나의 반응은, 당연히 "어서 알려 주세요"다.

프로필은 짧아야 좋다지만, 가끔 신인 작가가 나에게 단출한 프로필을 메일로 보내며 어떤지 봐 달라고 하면 나는 다르게 말한다.

"작가와 독자는 책으로 썸을 타는 겁니다. 공지영이나 하루키 같은 작가라면 두 줄로도 프로필이 완성되지만, 우리는 아직은 모르는 독자가 태반입니다. 그렇다면 좀 더 친절하게 그리고 긍정적 모습으로 알려 드려야죠. 제가 예전에 작가 이름을 가리고 낸 앤솔로지를 본 적이 있는데, 내용은 정말 좋은데 읽다 포기했어요. 작가의 이름과 경력 그리고 그 사람을 모르고는 도저히 책을 못 읽겠더라고요.

블라인드 데이트도 어느 정도 사진과 이력은 보잖아요. 나이와 성별, 기존 작품과 지향성을 모르는 입장에서 글로 작가분과 썸 타는 게 힘들어요.

프로필을 경쾌하고 예쁘게 희망적인 느낌으로, 이 작가는 여러분과 만나길 원하며 앞으로도 작품 활동을 열심히 하겠다는 느낌으로 다시 써보세요."

이와 같은 맥락으로, 나는 후배들에게 소설을 쓰고 나면 집필 후기를 꼭 쓰라고 권한다.

집필 후기는 독자에게 보내는 러브레터다. 이렇게 작품을 써서 여러 번 수정해서 내놓으니 내 아이를 잘 봐달라는 추천장이자 편지다. 책을 냈는데 그게 미운 작가는 거의 없을 것이다. 부끄러워도 사람들이 많이 봐 줬으면 한다.

자 그렇다면, 어떻게 쓸까.

난《경성 탐정 이상 4》에서 이렇게 썼다.

감개무량합니다.《경성 탐정 이상》시리즈가 4권이 나오다니요. 그렇게 되기까지 구보와 이상도 고생을 많이 했고, 저와 에디터, 마케터 그리고 출판사에서 많은 고생을 했습니다.

또한 시리즈를 읽고 사랑해 주는 많은 독자들의 성원이

아니었다면 이어지지 않았을 겁니다. 따라서 독자들이 탐정 이상과 구보를 세상에 꾸준히 나오게 한 원동력입니다.

《경성 탐정 이상》은 1권에서 경성의 유명 인사들이 나와 이상과 구보에게 사건을 의뢰하고 풀어 나가며 시작됐습니다. 창문사를 다니던 시절 이상과 구보가 찍은 한 장의 사진에서 시작된 탐정소설은 2권에서 경성에 들어온 외국인들이 토착민과 갈등하는 에피소드들을 선보였고, 소년 탐정단이 나오는 스핀 오프 격의 단편도 실렸습니다.

3권에서는 그 시절의 성소수자와 갈등을 벌이는 양반들의 모습과 아동 학대 관련 사건이나 신여성들이 세상에서 받는 편견과 억압을 선보였습니다.

(중략)

앞으로도《경성 탐정 이상》시리즈는 계속되며, 현대의 고민을 그 시대와 배경에 녹여서 보여 드릴 예정입니다. 소설에서 시대를 거슬러 지금의 사건과 문제를 반영하며 되짚고, 아울러 미래를 예측해 보는 건 어떨지 조심스레 제시하고자 합니다.

참고로 오영지라는 여성 탐정 아이디어는 김지유 님이 독서회에서 내주었습니다. 근대 여성소설가 김명순을 자세하게 말했고, 전 힌트를 얻어 인물을 만들었습니다.

전라도 사투리 감수는 김정옥 님이 도와주셨습니다.

마리 앤티크 사교구락부 에피소드는 앤티크 사업가 김영자 님에게 도움을 받았습니다. 이 자리를 빌어 세 분께 감사함을 전합니다. 아울러 가족들, 추리작가협회 선후배님, 양수련, 박선아, 김춘호, 박미자, 오경옥, 정미영 님께 늘 고마움을 전합니다.

독자님, 건강하시고 제가 추리월드 초대장을 보내드리면 기꺼이 추리 여행에 동참하시길 바랍니다. 언제고 도착할 테니 기다려 주세요.

집필 후기는 이처럼 작가의 작품 이력에 관한 해설을 스스로 곁들이고, 이 작품을 만들기까지의 여정과 고생한 사람들에게 감사함을 표하며 아울러 진정으로 출간을 기뻐하는 걸 보여주는 글이다. 독자들에게 또 다시 초대장을 보내면 반드시 와 달라고 청하는 미래의 파티 초대장 이기도 하다.

작가의 프로필은 짧아질수록, 집필 후기는 적정한 양일수록, 아니 안 넣어도 좋은 때가 오면 좋겠지만 어쩌겠는가. 우리들은 아직도 무명 작가이고, 영원불멸한 작품과 이름을 남기기에는 너무도 긴 여정이 남아 있는 걸.

이상의 폐병과
나의 이석증

이상은 폐병으로 평생 고생했다. 한편으로 그 병 때문에 여러 작품을 얻었다.

배천온천에 요양 가서 금홍이란 평생의 뮤즈를 만나 〈날개〉라는 걸출한 단편을 써, 클래식으로 남겼다. 그리고 비록 28세에 폐가 거의 녹아내릴 지경이 돼 일본에서 안타까운 죽음을 맞이했지만, 데스마스크와 유고가 사라지는 등 죽음 자체도 하나의 미스터리가 돼 그의 팬들에게 영원한 아쉬움과 그리움을 느끼게 했다.

작가의 삶은 작품으로 남는다지만 이상은 인생 자체가 하나의 드라마틱한 소재가 돼 영화로 드라마로 그리고 여러 소설로 남았다.

서울 작가인 재희에게도 여러 자잘한 병이 있었다. 자궁에 용종이 있어 수술을 받은 적도 있다. 아직도 여러 의료진이 있는 수술실에서 다리 사이로 자궁경이 들어오는 중에 마취돼 정신을 잃던 순간을 잊지 못한다. 수술 전, 걱정 말라는 침착한 의료진의 말에도 워낙 무서워 그 순간 주님에게 열심히 기도했다. 다행히 간단한 수술이었고 잘 회복됐지만 인생에서 특별한 기억으로 남는 순간이다.

이런 비교적 큰 것 말고도 이석증은 45세에 발병해서 지금까지도 순간순간마다 증세를 보여 불안하게 한다.

이석증은 귓속 반고리관에 있는 이석이라는 물질이 흘러나와 발생하는 병이다. 증상은 어지럼증이 대표적이다. 심해지면 누웠다 일어날 때 사방이 빙글빙글 돈다. 영화에서 나오는 빙글 도는 화면을 생각하면 맞다. 진짜 그렇다. 얼마나 무서운가. 잘 걸을 수 없고 휘청거린다. 간신히 이비인후과를 찾아가서 이석을 제자리로 돌려놓는 운동을 처방받아 의사 선생님 지시에 따라 누웠다 일어났다를 반복하고 원래 상태를 되찾는다.

그리고 약은 주로 신경안정제 성분을 처방받는다. 딱

맞는 특효약은 없는 것이다.

실제로 어떤 부정적인 생각이나 걱정에 골몰하면 이석증이 재발한다. 신기하게도 소설의 내용이 떠오르지 않아 미치겠는 때는 그렇지 않다. 현재의 스트레스나 막연한 미래에 대한 불안감이 잠식할 때 이석이 탈출하는 모양이다.

이제 놀이기구나 클럽, 헬스에서의 진동 머신은 물 건너간 지 오래다.

어차피 인생에서 롤러코스터를 타거나 클럽에 간 적은 다섯 손가락 안에 꼽을 정도로 드물지만, 헬스에서 지방을 분해해 준다는 진동 머신을 못 사용하는 건 좀 아쉽다.

번지 점프도 당연히 네버 에버, 인생에서 단 한 번도 할 수 없는 일이 되었다. 척추가 억눌린 것을 풀어 준다는 거꾸리 헬스 기구를 작업실에 들여놨지만, 이제 180도 반전으로 드러눕는 일은 조심하게 됐다. 이석증에 위험하다는 의사 선생님 말씀대로 자제하는 편이다. 위험한 행동은 적극 자제하고 누워 있다가 벌떡 일어나는 일도 거의 없다.

일어나다 빙글 돌면서 휘청거리며 쓰러지는 건 두려우니까.

동생도 이석증으로 고생하고 친정 엄마도 평생을 이명

으로 고생한 걸 보니 정말 병은 유전과 깊은 관련이 있다.

덕분에 급격하게 과도한 행동은 안 하고 낙관적으로 상황을 바라보게 됐으니 작품 생활이나 삶에는 도움이 되는 걸 다행으로 여겨야 되는지 모르겠다.

피할 수 없으면 즐겨라 더 나아가서는 작품에 녹여내라.

나도 심리적 스트레스로 이명이 울리는 주인공을 서정심리스릴러 《봄날의 바다》에서 보여 주었다. 주인공이 범죄 가해자 가족으로 사는 아픔이 보다 더 절절하게 녹아들었다.

이상은 〈권태〉라는 걸작 에세이를 시골에서 요양하면서 써냈다.

> 어서 차라리 어두워 버리기나 했으면 좋겠는데 벽촌의 여름날은 지루해서 죽겠을 만큼 길다.

이렇게 시작하는 에세이는 어찌나 재미있고 위트 있게 권태라는 속성을 잘 묘사하는지 진짜 둘이 읽다 하나 죽어도 모를 지경이다. 경성에서 백화점, 자동차, 해외 원서 등 신문물의 세례와 축복 속에서 지내던 이상이 시골에 내려와 풀 뜯는 소들을 지켜보고 있자니 병이 더 도질 지경인 게다. 그리고 신록이 나날이 무성하게 자라고 생명력의 왕성함에 놀라지만 그도 역시 사람이 그립고 작가들끼리 예술에 관해 카페서 치열하게 토론하던 때가 미치도록 그립다.

지금도 대학은 인 서울, 취업도 인 서울을 부르짖으며 모두 서울 지향적 삶을 살지만, 이미 그때 문화의 단맛을 향유한 이상도 그랬던 것이다.

도시의 온갖 문화 공간에서 사람들과 있으며 대화를 통해 소통하는 맛은 이상을 치열한 작가로 만들었고 그의 작품으로 남았다. 아울러 영원불멸한 가치를 부여했다.

지방에도 다양한 문화 공간과 회사가 생겨 사람들이 내려가 북적거리게 만드는 게 지금 한국의 당면한 목표이고 그렇게 되어야 한다. 사람이 북적거려야 권태를 넘어 문화로, 작품이라는 가치로 승화하는 것이다.

아이고, 지금 이 글을 쓰면서 잠깐 커피 마시러 가려는데 왜 또 살짝 어지러운지. 이석증이 요즘 슬슬 발현하고 있는데 웃으며 살련다.

한국 최초 악플러들의 집중 공격을 받은 이상

악플러들에게 댓글 테러를 받고 자살한 연예인들이 한국에도 여럿 있다.

참으로 가슴 아픈 일이다. 우리나라 최초로 익명의 악플러들에게 테러를 당한 사람은 이상이다.

이상은 1934년 7월 24일부터 8월 8일까지 조선중앙일보에 〈오감도〉 시 연작을 발표했다.

시 1호는 그 유명한 문장으로 시작한다.

13인의아해가도로로질주하오

(길은막다른골목이적당하오)

제1의아해가무섭다고그리오
제2의아해도무섭다고그리오
제3의아해도무섭다고그리오

(중략)

제13의아해도무섭다고그리오
13인의아해는무서운아해와무서워하는아해와그렇게뿐이모였소

(중략)

13인의아해가도로로질주하지아니하여도좋소

지금 발표해도 이게 뭐여! 하는 반응을 부를 판국에 그 당시에 이렇게 시작해 4호에 이르러서는 숫자로만 된 시를 발표하고 뒤로 갈수록 문장도 이루지 못하는 기괴한 시구를 써서 발표했다.

이 시들은 지금도 평론가들이 제각각 평론하는 완전한

미스터리로 남게 되었다.

하여간 당시에 이태준 학예부장은 "응, 써! 쓰라고. 이상 후배." 이런 식으로 독려했다. 아무튼 그 괴이한 시들을 장장 15편이나 실었으니 그 15일 동안 온갖 협박 편지가 신문사로 날아들었다.

"신문사에 폭탄을 설치하겠다."

"말도 안 되는 이상한 시를 쓰는 시인을 죽이겠다."

"당장에 시를 멈춰라."

등등의 협박이 넘쳐나고 결국 이상은 시를 중단하게 된다. 요즘 같으면 SNS에서 안티 팬들이 난리를 쳐서 하루 만에 중단될 연재가 그때는 지금보다 반응이 늦고 편지나 전화로 협박을 한 덕분에 연재 중단이 그래도 보름 후에나 결정된 것이다.

이에는 확고한 예술적 가치를 옹호하는 이태준의 신념도 한몫했다. 덕분에 이상의 1호 시부터 15호 시는 남았다. 그 마지막 15호 시에서 이상은 〈거울〉 시에서 다 못 보여준 거울 속 자신에 대한 상념과 자아 이탈을 상세하게 그려냈다.

이상은 유독 거울을 들여다보면서 거기에는 또 다른

자신이 있다고 생각하고 분열된 자아를 시로 형상화했다. 도플갱어나 다른 차원의 또 다른 나를 그 시절에 생각해 내다니. 참으로 앞서간 인물이다.

나도 엄청난 악플을 양산하던 시기가 있었다. 나의 역사추리소설 데뷔작인 《훈민정음 암살사건》은 2006년 여름에 3만 권이 훌쩍 넘게 팔려 히트작이 되었다. 지금도 네이버에 리뷰가 195건이나 실려 있는데 찬찬히 들여다보면 악플이 무척 많다.

일곱 개 출판사에 투고한 장편소설이었는데 랜덤하우스 코리아의 유영준 에디터를 만나 수정을 거듭했다. 세종대왕이 한글을 만들지 않았다는 카피와 함께 출간된 소설은 성공했다. 하지만 나의 첫 작품은 문장이 완벽하지 못했다. 당시 팩션소설의 유행과 함께 주목받아서 동반상승했으나 독자들의 성에는 차지 않은 것이다.

처음에는 악플에 상처받았지만 신인으로서 과도한 주목을 받은 데 힘입어 이후 《백제결사단》, 《색 샤라쿠》 등 역사추리소설을 내쳐 써냈다. 주변 사람들이 인정해 줬고, 독자들도 늘어갔다. 그리고 웬만한 악평에는 꿈쩍도 안 했다.

그런데 지금은? 나이가 드니 오히려 마음이 약해지나 보다.

《이웃이 같은 사람들》을 펴내고 쇄 갈이까지 할 정도로 반응도 좋았지만 한편으로는 예전 작에 못 미치고 과학수사를 취재한 내용이 과하게 녹아 들어가 작품 흐름을 방해한다는 평이 있어 위축됐다. 악평도 아니고 엄청나게 세세히 짚어준 고마운 서평이지만 괜히 의기소침했다.

후우, 숨을 내쉬다 중학생 딸에게 평을 보여 주니,

"엄마, '잘 보고 갑니다' 요렇게 댓글 달아 줘 봐."

그렇게 대처하라는 것이다. 실제 그렇게 하니, 서평 블로거가 작가님이 직접 방문했다며 반색하고 오히려 소통하는 계기가 되었다.

《경성 탐정 이상》 시리즈도 한 독자가 자신은 이상과 박태원 팬인데 이렇게 문학 역사를 왜곡하면 되느냐며 블로그에 서평을 올렸다. 그때도 가슴 한편이 시리면서 내가 잘못했구나 싶었다. 혹시 후손들에게 잘못한 거는 아닐까 되짚어 봤다. 그리고 블로거와 소통을 하고 댓글을 주고받았다. 진심으로 미안한 마음을 담아.

블로거도 어색해하면서도 반갑게 작가와 소통을 하고

는 이해의 말을 달았다.

요즘은 다양한 서평을 보며 독자 취향의 다양성을 존중하게 된 덕분에 오히려 소통하고 싶고, 하나의 관심 표현이라 여기고 수용한다.

하지만, 단호하게 말하건대 작품에 대한 건전하고 고급스러운 가치 지향적 평은 대환영하지만, 연예인 등의 공인에게 사적인 생활까지 빗대 성적인 모멸감을 주거나 가족에게 욕하는 것은 절대로 용납될 수 없다는 것을 밝힌다.

3

이상과 나의
작품 활동에 관하여

나를 도와주는 사람들

이상은 1933년 조직된 구인회 멤버인 이효석, 이태준, 유치진, 김기림, 정지용, 박태원, 김유정 등 선후배 문인과 교류하며 작가 생활을 활발하게 했다.

제비 다방을 그들과 문학 토론을 하려고 차린 건 아닌가 하는 생각이 들 정도로 다방은 영양가 없는 가난한 작가들이 점거했다. 작가들이 목에 핏대 세워 토론하니, 모던보이와 걸들이 들어와 신나게 즐기려 해도 그들 기세에 밀려 별 재미없이 돈만 쓰고 대접도 그저 그렇게 받고 쫓기듯 나갔다.

어느 가게나 주인의 손님이 넘치면 새 고객은 절대 단

골이 될 생각을 하지 않는다. 주인장 친목 위주의 가게에서 새 손님들은 아무래도 찬밥 신세이니 말이다.

이러니 다방 영업은 망하고 그토록 사랑하던 뮤즈 금홍은 떠나고 그 시절 쓴 작품만 생생하게 살아남은 것은 아닐까.

이상은 금홍이 떠나고도 카페 '쓰루', '69' 등 이름도 요상한 가게들을 운영하다 모두 실패했다.

여기에 대해 할 말이 참 많은데, 작가들은 내면에 침잠하는 성격들이라 독신도 많고, 아이가 없는 부부도 많다. 하나 낳은 나 같은 사람도 많다. 그런 내성적 사람들이 가게를 열고 수많은 손님을 받아야 되는데, 애초에 고양이가 개처럼 여러 사람에게 친근하게 다가가기란 불가능하다.

그러니 망할밖에. 사업에 성공한 작가는 배우자가 운영에 적극 참여한다든가 주변에 동업자가 있다든가 아니면 이끌어 주는 사람이 있다. 그리고 자신의 경험을 살려, 무협작가가 전자북 사업을 한다든지, 소설 플랫폼을 연다든지 하는 경우가 많지 관련 없는 다방 영업은 영 거리가 멀다.

사설이 좀 길었는데, 요는 이상은 주변의 작가 동료들

그리고 신문사 편집장들과 동반해 나아가지 않았으면 그 멋진 작품을 써내기 힘들었을 것이라는 말이다.

서울 작가 재희도 그렇다. 99년 MBC 아카데미 드라마반에서 만난 박선아 작가, 이듬해 시나리오작가협회 산하의 영상작가교육원에서 만난 양수련 작가와 아직도 20년 넘게 우정을 다지면서 서로 격려하며 작가 생활을 한다. 협회 작가들도 물론이다.

소설 작업이란 그럴듯해 보여도 누가 돈 싸 들고 써 달라는 사람도 없고, 매일 채찍 들고 달려드는 상사도 없다 보니 나태해지고 자기 비하와 일상의 지루함에 빠져 관두기 마련이다.

팬도 없고 독자도 없고, 글을 쓰더라도 수익도 별로인데 여기에 동병상련의 작가 친구마저 없다면 나 혼자 독박 쓰고 있구나 하는 생각에 박을 깨 버린다.

그래서 내가 강연만 가면 작가는 누구나 문우들을 만들어 같이 격려하고 아파하고 다독이면서 글쓰기를 해야 한다고 누누이 말하는 것이다.

그리고 작가를 도와주는 또 다른 사람은 에디터다.

에디터는 독자 천 명의 눈을 대변한다는 말이 있듯이

레이먼드 카버도, 스티븐 킹도 편집자들의 말을 듣고 소설을 고치고 또 고쳐서 위대한 작가로 재탄생한 것이다.

그만큼 에디터의 역량은 작가의 작품을 보석으로 만드는 데 절대적이다. 그리고 그들이 채찍과 당근으로 작가들을 이끌 때 진정으로 쓸 맛이 나는 것이다.

나는 한 사람의 독자를 설정하고 글을 쓴다. 물론 편집자다. 그에게 처음으로 보여 줄 소설을 쓰려고 에이포 100장 이상의 장편소설을 내달려 쓰는 것이다. 무척 긴 시놉시스를 썼음에도 중간에 디테일한 줄거리가 막힐 때는 에디터의 얼굴을 떠올린다. 그의 음성도 기억한다. 그리고 나를 격려해 주던 말을 떠올린다.

잠실 롯데타워가 새로 섰을 때, 에디터와 스카이라운지에서 커피를 마시며 《경성 탐정 이상》 시리즈 관련 회의를 하던 때를 잊지 못한다.

"누가 보면 이 멋진 곳에서 서울을 내려다보면서 기업 인수합병 회의 하는 줄 알겠어요."

내가 던진 말에 에디터는 미소를 띠고 자신만만하게,

"우리가 더 중요한 얘기 하는데요!"

하고 단언하는 것이다.

아, 어찌나 그분이 멋져보이던지. 작품을 수정해서 끝까지 써낼 힘을 얻었고, 그가 내 작품의 전격적 지원자임을 느꼈다.

어쩌면 《경성 탐정 이상》 시리즈의 첫 독자이면서 후원자, 덕후 임을 절실히 알게 됐다. 그 힘으로 시리즈를 이어 가는 것은 당연하다.

그리고 작가에게 도움을 주는 또 다른 이들은 바로 홍보와 판매에 관련된 분들이다.

아주 아주 더운 여름날 안전가옥이라는 출판사 겸 장르 전문 도서관에 무작정 쳐들어 갔다.

인생 최초로 스스로 기획해 프로듀싱한 로맨틱스릴러 《표정없는 남자》가 나오기는 하는데, 걱정이 덜컥 드는 것이다.

그동안은 홍보와 판매를 출판사가 알아서 다 해 줬고는 만족스러운 결과를 얻었다. 그런데 이제는 내가 혼자 해야 한다.

남편이 누누이 "언젠가 나이가 들면 내 준다는 출판사도 줄어들고, 젊은 작가들이 주목받는데 김재희는 입지가 줄어든다. 너 스스로 기획해서 홍보와 판매를 해야 한다.

사업자등록증을 내고 출판사를 세워라"라고 말했다.

출판사는 못 세웠으나, 위탁 판매를 찾아서 결국 일을 냈다.

그런데 제작자로서 지분율은 높으나 대체 홍보와 판매 증진을 어떻게 해야 하는지 몰랐다.

당장 북토크도 출판사가 아닌 내가 뚫어야 했다. 그래서 2018년 찜질방처럼 더운 여름날, 글도 쓰기 싫어 찾아간 곳이 안전가옥이었다.

대표님을 만나 이러저러한 책이 나오는데 북토크를 잡아줄 수 있느냐고 명함을 주며 물어봤다. 당장에 힘들다는 답을 들었지만, 시원한 곳에서 커피 마시면서 하루 종일 책을 보다가 돌아왔으니 손해 나는 날은 아니었다. 그리고 그날 밤, 북토크 날짜를 언제쯤 잡으면 될지를 묻는 답신 이메일을 받았다.

그리고 9월 13일에 안전가옥에서 《표정없는 남자》 북토크를 개최했다. 유튜브에 '김재희 작가'를 치면 관련해 올린 영상이 두 개 나온다. 소설의 모티프인 데이트 폭력과 남녀 간의 사랑과 연애 권력, 그리고 추리소설에 관해 심도 깊게 토크를 했다.

책이 대박 난다거나 그런 건 아니지만, 그래도 첫 기획 소설을 성공적으로 홍보했다. 이후 페이스북에 작가 활동을 지속적으로 올린 덕분에 지금은 내 소설 번역에 관해 프랑스 편집장과도 페이스북 메시지로 의논한다. 페이스북으로 해외 에이전트로 일하는 KL매니지먼트 이구용 대표님과 인연을 맺기도 했고, 이외에도 소중한 업계 관계자분과 페친으로 소통하고 있다.

그리고 ○○문고 천호점 김 과장님과의 인연도 새롭다. 두 번째 기획 프로듀싱 소설《청년은 탐정도 불안하다》를 야심차게 냈건만 겁도 나고 유례없는 불경기에 이러다 내 경력 깎는 게 아닐까 싶었다. 결국 목마른 사람이 우물 판다고 영화사 피디들에게 책을 부치고 돌아오는 길에 한 권을 남겨 ○○문고 천호점으로 무작정 들어갔다.

거기서《청년은 탐정도 불안하다》를 포함해 한국추리문학선 6인의 작가들에게 단체 북토크를 할 수 있는 기회를 줄 수 있는지 물을 참이었다. 하지만 그 넓은 홀에서 갈팡질팡하다가 대표 전화로 걸어보니 담당자가 나가 있다는 답을 들었다. 낙담하고 돌아서려던 순간 책을 정리하고 있는 직원이 눈에 보여 북토크 담당자를 만날 수 있느냐고 물었다.

"이분이신데요."

그래서 만나게 된 분이 김 과장님이다. 그날 사무실에서 나와 홀에 계셨기에 내가 건 전화를 받지 못했는데, 결국 연결된 것이다.

"김재희 작가님, 이미도 번역가님이 책 내시고 북토크를 하는데 그 분 이미지와 겹쳐 보여서 정말 반가워요."

첫 만남에서 이 말을 들었다. 이미도 선생님의 열정과 집념 그리고 긍정적 기운을 나에게서 봤다는 것이다.

단체 북토크 약속을 잡고 이후 추리문학선 작가의 릴레이 특강 자리를 만들어 주셔서 무척 감사했다. 그리고 미래의 추리작가들을 배출했다.

미스터리 유니온 대표님과 카페 홈즈 대표님도 오래도록 인연을 맺었지만 늘 도움을 주고 항상 지켜 주시는 존재들이다. 조영주, 정석화, 정명섭, 조동신, 한이 작가는 남의 일이라도 자신의 일처럼 돕고 작가들에게 힘이 되어 준다.

내가 하고 싶은 말은 실행하면 반드시 뭔가 길이 보인다는 것이다.

아냐, 내가 나서면 욕먹어, 좋아 보이지 않아, 그리고 너무 깝치는 거 아냐?

이런 걱정도 들지만 그래도 문우들과 연합해 각자의 인맥과 열정으로 어디든 뚫어 북토크 자리라도 만들어 홍보하라. 나를 작가로서 알린다면 이보다 더 좋은 게 있을까.

책을 쓴다는 것이나 글을 쓴다는 것은 누군가와 나의 생각을 글과 책이라는 매개체로 공유하고 싶어서 하는 행위다. 그걸 수많은 사람들과 나눌 수 있다면 좋은 것이고, 그러려면 작가 스스로 홍보와 판매를 돕는 데 나서야 한다. 그러니 후배 작가들이여 오늘 당장 내 책을 한 권이라도 더 팔기 위해 무얼 할지 고민해 보라. 오프에 신나는 놀잇감과 놀이터가 생길지 모르니 겁내지 말고 용기를 내라. (코로나바이러스 나오기 전에 쓴 글입니다.^^)

그리고 가장 중요한 작가의 친구는 바로바로 독자들이다!

작가의 평생 친구는 독자들이다. 너무도 나의 작품을 사랑해주는 분들. 가끔은 혼내기도 하지만 결국 관심과

애정을 지닌 분들이다.

인터넷에 서평을 안 올리는 분들도 많다. 내 소설 속 캐릭터들에게 감정 이입돼 심지어 눈물 흘리는 분들도 있고, 깔깔 웃으면서 무릎을 치는 분들도 있다. 주인공들이 위기에 처하면 두 손을 쥐고 땀 흘리고, 통쾌한 장면에서는 그럼 그렇지 하고 씩 웃으며 다음 장을 신나게 넘긴다. 모두 나와 소설로 썸 타고 연애하고 관계 맺고 같이 절체절명의 위기를 넘기며 모험한 분들이다.

그래서 내 책을 완독한 분들은 나와 캐릭터를 통해 소통을 진하게 했으므로 만나면 반갑고, 즐겁고 언제 또 다른 작품이 나오나 궁금해한다. 또 다시 같이 모험을 하고 여행을 하고 울고 웃으며 보내고 싶기에.

생각만 해도 독자들과 소통하는 것은 무한 즐거움이다. '히히, 언제 또 새 책을 내지' 하는 짜릿한 기쁨이 이 순간 키보드 치는 손가락에 전해진다.

제가 조만간 김재희 추리판타지 초대장을 보낼 테니 꼭 놀러들 오세요. 안 오면 섭해요~

소설에 있어서 뮤즈는 누구인가

이상의 뮤즈라고 하면 당연히 금홍을 떠올리게 된다. 제비 다방을 개업하고 요양 간 배천온천에서 금홍을 만나 다방 마담으로 앉힌다. 그리고 동거를 시작하고 다방으로 생활비를 받으러 온 여동생에게 네 언니 되는 사람이라고 눈짓으로만 인사시킨다.

금홍이 스물 하나, 이상이 스물 셋 되던 때다. 금홍은 이상이 마흔은 됐을 거라고 짐작했지만, 웬걸 겨우 두 살 위였다.

이상은 금홍을 참으로 사랑했다. 결혼은 하지 않았지만, 아내로 여겨 〈날개〉 단편을 써낸다.

나(남편)는 아내가 늘 돈과 약을 머리맡에 두고 나가면 그 돈으로 하루를 무료하게 보내고 약을 먹고 잠에 빠져 든다. 아스피린이라고 말한 약은 사실은 수면제다. 아내는 외출하고 손님이 끊이지 않고, 나는 돈 쓸 데도 없고 잠도 오지 않는다. 아내는 손님과 저쪽 방에서 진한 농담을 주고받는데 나의 귀에 생생히 들린다.

결국 남편은 아내가 준 수면제를 던져 버리고 숙명적으로 맞지 않는 사이라는 걸 깨닫고 미쓰코시 옥상에 올라 외친다.

날개야 다시 돋아라.

날자 날자 날자 한 번만 더 날자꾸나.

한 번만 더 날아 보자꾸나.

〈날개〉의 줄거리는 이처럼 파격적이고 결말은 시원스레 팡 터지며 끝난다. 지금의 서울대 공대라는 경성고등공업학교 건축과를 졸업하고 조선건축회지 표지도안 공모전에서 일본인들을 물리치고 1등과 3등으로 입상한 이상이 다방을 차리고 여급 출신 여성과 살림을 차려 이리 허망하게 살 줄 누가 짐작했겠는가.

그 당시 문인들은 다 그런 거 아니야? 아니었다. 염상섭이나, 박태원이나 명문가 여성들과 혼인을 맺어 잘 살았다.

이상의 내면에서 분출돼 나오는 끝없는 열정과 상상력이 이렇게까지 자신을 파괴하며 살지 않고는 못 배기게 만든 걸까? 그 상황에서도 어떻게 그런 작품들이 탄생했는지 참으로 궁금하지만 한편 이해가 간다.

이상에게 아내이자 영원한 연인 금홍은 뮤즈였다. 작품을 쓰게 만드는, 살아 숨 쉬는 생명력의 원천이다. 다른 남자와 성매매를 하지만 자신과 방에 있을 때는 엄마와도 같이 온전히 사랑과 보살핌으로 보듬어 주는 존재였다.

이상은 훗날 죽기 1년 전에 절친한 화가 구본웅의 친척 변동림과 결혼했지만 그의 연인으로는 금홍을 먼저 떠올리게 된다.

작가에게는 이처럼 사람이 뮤즈로 다가온다. 피카소도 평생 수많은 여인과 연애를 하며 그녀들의 초상화를 남겼다. 할아버지 피카소에게 찾아온 아리따운 젊은 연인들은 명성이나 돈보다 그의 그림에 그려져 영원한 예술 작품으로 남고자 했다. 이처럼 작가와 뮤즈는 떼려야 뗄 수 없는 관계다.

나도《경성 탐정 이상》을 쓸 때는 이상과 구보가 뮤즈였기에 그들의 시와 소설을 정독하면서 내면을 깊게 탐구했다. 구보에게 나의 감정을 이입해 꼭 내가 말하는 것처럼 대사를 뽑았고, 이상은 구보가 바라보는 멋진 남자로서의 행동과 대사를 뽑았다. 결국 소설을 쓰고도 구보의 심리는 이해되는데 이상은 당최 그런 말과 행동을 하는 내면은 잘 모르겠어서 신기했다.

현실에서 뮤즈를 두 명이나 만난 진기한 경험을 들려주고 싶다.

《청년은 탐정도 불안하다》를 쓰면서 겪은 일이다.

《이웃이 같은 사람들》이라고《섬, 짓하다》시리즈의 후속편 경찰소설을 쓰고 나서 교정을 보는 중이었다. 법과학 감수는 순천향대학교 법과학대학원의 유제설 교수님께 부탁드렸는데, 법의학 감수를 해 줄 사람을 못 찾았다. 그때는 네이버의 RS 추리동호회 카페를 드나들면서 이것저것 둘러보던 때인데, 마침 카페에 해부학도라는 사람이 법의학이나 해부학 지식을 올리며 활동하고 있었다.

운영자에게 쪽지를 보내서 소개받아 모 대학원 해부학교실 근처 카페에서 만났다.

세상에, 26세의 청년이 아닌가. 키가 훤칠하고 서글서글한 청년은 소설에 나오는 해부와 부검 과정을 감수해 주었고, 나는 호기심이 생겨 추리카페 활동에 대해 여러 가지 질문을 던져 보았다.

청년은 대학교 때 과학수사에 깊은 호기심을 가지고 전공을 살려, 자원봉사 겸해서 경찰서에 드나들며 무작정 강력계 형사들에게 현장을 한 번만 나가게 해 달라 부탁을 했단다. 이렇게 현장도 몇 번 참관하면서, 과학수사 사이트와 논문, 원서를 보고 루미놀 등 시약도 사서 스스로 실험도 진행했다. 해부학교실에 들어가 부검의로서 꿈을 키워 나갔다. 집에서는 마당에 있던 헛간을 개조한 별채에서 지내면서 최고급 사양의 컴퓨터를 세 대나 들여놓고 게임도 하고 논문도 보고 추리동호회 회원들과 마피아 보드게임도 한다. 한마디로 할리우드 영화에 나올 법한 독특하고 아기자기하면서도 할 것은 다하는 삶을 살고 있었다.

그리고 네이버 지식인에서 활약하면서 학생들에게 법

의학 관련 지식도 알려주었다.

이거다 싶었다. 추리카페 회원이 아마추어 탐정으로 미제사건을 추리해 해결하는 소설을 써 보고 싶었는데, 이 친구는 바로 그 소설의 메인 주인공 자리로 걸어 들어왔다.

그리고 소설의 다른 주인공은 독서회에서 만났다.

지금은 없어졌지만, '행복바구니'란 독립 서점이 집 근처에 생겨 독서회에 가서 책을 읽고 느낌을 나누었다. 나는 나이가 많았지만 청년들 틈에서 작가라는 타이틀로 쑥스러움을 해제하고 앉아서 토론을 즐겼다.

하루는 프리미어리그 축구단 빈티지 티셔츠에 찢어진 청바지를 입고 스냅백 모자를 눌러쓴 청년이 들어왔다. 청년은 힙합 액세서리도 착용해서 무척이나 튀는 패션이었다. 그런데 분위기와는 다르게 읽고 온 책이 하루키 책인데 자신은 대뜸 《1Q84》에 나오는 덴고와 아오마메처럼 사랑을 했다는 것이다. 중학교 때 2년과 대학교 때 2년을 같은 여성과 사랑했는데 그녀에게 80퍼센트 이상의 사랑을 줘서 다시는 누군가를 사랑하지 못하겠다나.

이 힙합 로맨티스트는 그럼에도 클럽과 축구를 사랑해

클럽에도 종종 다니고 조기 축구회도 친구들과 결성해 즐긴다는데, 이제는 클럽에 가는 게 지겹댄다. 클럽에서 외모를 보고 마음에 드는 여성에게 대시해 사귀어도 결국 내면이 안 통해 헤어지는데, 그럴 때마다 그녀에게 미안해서 이제는 독서회에 나와 책 얘기를 할 때가 더 즐겁다고 했다.

아이고, 해부학도 주인공에게 단짝 친구를 만들어 줘야겠는데 독서회에서 그만 뮤즈를 만나고 만 것이다.

독서회가 끝나고 직업을 물어보니 가락시장에서 채소류 영업을 한대서 이거다 싶었다. 사무실에서 일하는 것보다 가락시장에서 생동감 있게 일하는 게 얼마나 더 멋진 비주얼을 보여 주겠는가(소설을 쓸 때마다 늘 영상화를 꿈꾼다).

가락시장에 채소를 사러 들어간 적은 거의 없지만, 주인공 캐릭터를 취재하러 당당하게 입성했다. 그가 몰고 온 전동 차량을 타고 바람에 머리를 휘날리며 가락시장 안을 종횡무진 했다. 냉장실, 경매장, 상가, 저장창고 등등 이곳저곳을 안내받았다. 재벌 회장이 공장을 방문해 지프를 타고 안내받는 것보다 더 신났으면 신났지 덜하지는 않았다.

이렇게 뮤즈들을 일사천리로 만나니 소설은 쾌속으로 진행됐고, 내가 만들어낸 가상의 캐릭터 프로파일러 감건호(사실 감건호도 유명 프로파일러들의 이미지에 허구를 넣어 만들었다)와 대결 구도를 만들어 엄청 싸우고 화해하면서 소설을 이끌었다.

흠, 얼마나 재미나게 썼는지, 얼굴에 미소를 머금고 손은 키보드 위를 날아다녔다.

뮤즈란 작가에게 이런 예쁘디예쁜 존재다.

이러니 이상도 격에 안 맞는다는 평을 받는 금홍에게 쩔쩔매면서 그녀를 그리도 예뻐하고 사랑했던 것이리라. 내면의 미치도록 뜨거운 열정에 기름을 부어 작품으로 탄생하게 해 주니 말이다.

뮤즈는 스스로 걸어들어 오는 게 아니다. 나도 추리동호회 회원을 청해 만났고, 독서회를 3, 4개월간 나가다 우연찮게 만난 것이다. 그러니 방에만 있지 말고 부지런히 다녀 이상의 금홍과 같은 황금 뮤즈를 발굴할 것을 작가들에게 권한다.

30년간 감춰둔 비밀이 한 큐에 풀리다

어릴 적에 신동아 잡지를 구독한 적이 있다고 앞서도 말했는데 이 잡지가 무척이나 수준이 높아 사드 후작의 《소돔의 120일》 같은 어마어마한 내용의 소설도 자세하게 썰을 풀어 실었다. 그리고 이 외에 라블레의 《가르강튀아》 같은 판타지 소설도 줄거리를 길게 적어 놓았다. 원작을 구해 볼 수는 없었지만 무한한 상상에 놀라기도 했다. 그리고 지금도 나무위키로 위 소설을 검색해 보면 알겠지만 글로 대략적 줄거리를 설명한 것은 그렇게 충격적이지 않다.

하여간 어떤 작가는 자신의 책에 성인 영상을 찾아 헤

맨 이야기를 길게 적었던데, 나는 조숙함을 책으로 충족시켰다. 《김찬삼의 세계여행》에서는 인디안 집에 걸린 사람 얼굴 가죽도 자세히 돋보기로 들여다보고, 북유럽의 미녀가 설원에서 벌거벗고 목욕하는 것도 유심히 보았다. 소년소녀세계명작전집에서는 유럽의 어느 나라는 나무에서 비둘기 구이 요리가 열리고, 빵도 열매 맺듯이 달리고, 강에는 우유가 흐른다는 걸 읽고 무한 상상을 해 봤다. 배를 갈라 채소와 고기를 넣고 굽는다는 비둘기 요리 맛을 상상해 보기도 했다.

그러다 어느 날은 장롱을 열고 야한 농담이 가득한 Y담집이라는 음담패설 책도 처음부터 끝까지 읽고 다시 제자리로 돌려놓았다. 조선 《고금소총》에 나오는 이야기들이 있었던 것 같다. 그리고 일본 잡지도 있었는데, 성인 잡지가 아님에도 페이지를 펼치니 일반 중년 여성이 자연스레 누드로 웃으면서 이야기를 나누는 사진이 실려 있어 놀랐다. 더 넘기니 아름다운 젊은 여성이 벌거벗고 앉아 있는 사진도 있었다. 그걸 더 넘기니 이번에는 손과 발목 등이 절단된 여성이 피는 흘리지 않고 담담하게 누워 있었던 것 같다.

거기서 잡지를 딱 덮었다. 분명히 같은 얼굴이었다. 너무 놀라서 그때 초등학교 6학년의 조숙하고 말없는 아이는 더 이상 장롱을 열고 책을 보지 않았다.

훗날 기억하기로 장롱 속 잡지는 사라졌다. 분명히 평범한 잡지였는데 여성의 누드 사진이 실린 것도, 젊은 여성이 죽은 것인지 손과 발목 등이 잘린 사진이 있는 것도 무척 놀라웠다.

그걸 물어볼 사람이 없어 그냥 수십 년 동안 의문으로 담고 살다가 일본에 오래도록 유학을 다녀온 영화감독에게 우연찮게 물어볼 기회가 있었다.

"감독님, 내가 정말 궁금한 게 있는데 말이죠."

그 비밀을 수십 년이 지나 물었는데 답은 간단했다.

"그거 인형일걸요? 사람을 정교하게 똑같이 만들어서 그런 사진을 찍은 걸 겁니다."

대수롭지 않게 말하는 감독을 보면서 아! 하고 놀랐다. 일본은 정말 온갖 종류의 기괴한 취미를 가진 사람들이 많아서 그 욕구를 충족시켜 주는 사진 기술이 발전했던 것이다.

일본만 그렇겠냐마는.

하여간 그 모티프를 작품에 살려 범죄의 원인으로 집어넣은 적이 있다.

약간 스포라 걸리지만, 군산의 시마타니 금고와 히로스 가옥, 군산항 등 일제강점기 유산을 취재하고 쓴 소설이 《경성 탐정 이상 4》에 나오는 〈군산의 보물창고〉다. 여기에 이 인형 사진 에피소드가 모티프로 나온다. 사석에서 만난 서평 블로거는 이 작품이 참 충격적이라 놀랐다고 한다. 대수롭지 않은 미술품 도난 사건에서 갑자기 쇼킹한 결말로 이어져 그렇다고 했다.

이 작품이 나의 과거 엄청난 충격적 경험에서 비롯된 것이었으니 오죽 괴기스러웠으랴.

이것 말고도 할머니에게 들은 귀 달린 뱀 등 여러 어릴 적 겪은 경험담과 기괴한 괴담이 나의 작품 어딘가에서 불쑥 튀어나오기도 하고 쑥 들어가 있기도 하고 그렇다.

공포소설만 쓰는 전건우 작가에 비하면 참으로 미미한 수준이지만, 그래도 소설 속에서 주인공들이 겪는, 등골에 소름 돋는 경험들은 실제에서 차용한 게 많다.

한밤중에 문득 잠에서 깨어났는데 갑자기 선득하니 무서워 주기도문을 죽어라 떠올린 때를 회상하면서 쓴 것도 있다.

이외에도 《경성여성구락부》에 나오는 좀비와 싸우는 경성 여성은 주변의 학부모와 작가 선배들을 떠올리면서 캐릭터를 잡기도 한 것이니, 작가는 경험에 상상력을 덧붙여 줄거리를 만들어 이야기를 끌고 가는 것이다.

그러니 이제는 이렇게 묻지 마시라.

"이거 정말 다 진짜죠?"

"음, 완전한 판타지이지만 어디서 들은 것, 읽은 것, 본 것, 겪은 것들이 재료로 들어가 있답니다. 하지만 백퍼 뻥입니다."

이 말을 답으로 들을 뿐이다.

해외로 뻗어나가는 한국 문학과 케이 스릴러의 필수 요건

지금 내수 시장은 출판이 힘들다지만 장르작가들은 해외에서 길을 찾았다. 김언수, 서미애, 정유정 등의 작가들이 유럽 시장과 뉴욕 시장에서 호평을 받고 20여 개국 이상에서 번역 출판되고 있다.

이게 정말이냐고? 사실이다.

김언수는 《설계자들》로 2016년 프랑스 추리문학대상 후보에 오르고 뉴욕 판권 시장에서 거액의 금액으로 판권이 팔렸다. 서미애의 《잘 자요 엄마》는 수십 개국에서 호평을 받으면서 판권이 팔리고, 번역 출간 진행 중이다. 그리고 영드 제작사에 수억대의 가격으로 판권이 팔리는 쾌거를 이뤘다.

이는 신경숙과 한강이 만들어 낸 한류 문학의 길이 있었기에 가능한 일이다.

2020년에는 도진기의 《라 트라비아타의 초상》과 송시우의 《검은 개가 온다》가 나왔다. 2021년에 필자의 《섬, 짓하다》가 프랑스에서 처음으로 번역돼 독자에게 선뵐 예정이다.

그 영광스러운 길에 나선다는 데 설렘과 기쁨이 반반이다. 불안감도 있지만, 그래도 희망적이다. 실제로 2019년 프랑크푸르트 국제도서전에서 전 세계 바이어들이 한국의 장르소설을 싹쓸이해 갔다는 후문도 들린다.

방탄소년단이 한국어로 부르는 케이팝으로 수백만 명의 팬을 콘서트장에서 만났다. 유럽에 있는 해외 에디터가 하는 말이, 방탄소년단 팬들이 한국의 현재 문화가 궁금하다면서 케이 스릴러를 사간다는 것이다. 또한 그들은 자국의 문화와 이질적인 한국 상황에 호기심을 느껴 체험하고 싶어 한다고 했다.

이처럼 한국 장르문학은 세계로 뻗어 나갈 기회를 만났다. 참으로 고무적인 일이며 영광의 길에 들어설 것을 생각하니 아찔하면서 행복하다.

그동안 해외 출판 에이전트를 통해 들은 케이 스릴러의 요건을 몇 개 알려주려 한다.

첫째 이야기의 선이 굵고 캐릭터가 확실한 것을 원한다. 스릴러라는 단어에서 풍겨 오는 것처럼 경찰소설이나 가정 스릴러 등 확실한 장르적 느낌을 중시한다. 특히 가정 스릴러는 영화 〈나를 찾아줘〉의 대히트 이후, 할리우드 영화 제작자가 저 자본으로 만들기도 쉬워서 선호하고, 책의 주 소비층인 3,40대 여성이 좋아하는 장르이기에 유리하다.

둘째, 서미애나 신경숙처럼 한국적 감성을 선호한다. 그리고 한국의 문화적 특수성, 세련된 번화가나 길거리 음식 등 신기한 것을 넣어서 그들의 호기심을 자극하라.

악플 문화나 아동성범죄자의 형량이 낮은 것은 한국적 특수성이다. 이런 점을 부각해 모티프로 삼는 것을 예로 들 수 있다.

셋째, 주제 의식은 글로벌해야 한다. 즉 악플 사건이 일으키는 나비효과 등을 보여주는 등 전 세계인이 한국에서 벌어지는 사건임에도 주제 의식과 메시지를 쉽게 이해

해야 한다.

그리고 더불어 결말은 할리우드식 영화 구조를 모방하는 게 좋다. 해피엔딩을 말하는 것이다.

김언수가 작품에서 보여 주는 주인공은 돈과 권력을 쥐고, 적은 응징을 당하며, 아울러 주인공은 의리도 지킨다. 이런 식의 해피엔딩은 할리우드 영화를 통해 세계적으로 통용된다는 것이 증명됐다. 이렇듯 한국적인 기반 위에 글로벌한 주제 의식과 엔딩 그리고 쎈! 캐릭터를 두어 장르적 기법에 충실하면 성공한다.

세다고 해서 무조건 엽기적이고 잔인한 것들이 아니라 장르적 기법에 충실한 매력적인 주인공이 탄탄한 플롯과 줄거리 위에서 다양한 국가의 독자들과 썸을 타야 한다는 것을 의미한다.

이상도 러시아 아방가르드나 유럽의 큐비즘이 일본을 통해 원서로 소개되자 그것을 읽고 자신의 시에 응용했다. 이는 박상순의《나는 장난감 신부와 결혼하다》해설집에 잘 나와 있다. 하늘 아래 새로운 것은 없다. 이에 케이스릴러는 기존의 세계 통용 장르 기법에 한국적인 상황과 문화, 캐릭터를 넣어 다양한 독자가 원하는 이야기에 부응해야 한다.

나도 그 길을 제대로 걷고 있는지 자문해 보지만 확실하지 않다. 하지만 이제 방향성을 정하고 노력하고 있는 중이다.

후배들을 위해 이 길에 꽃을 심어서 꽃길을 만들어 따라오기 쉽게 해 주고도 싶다.

"얘들아, 가는 길에 진달래 꽃잎을 뿌려둘 테니, 사뿐히 즈려밟고 올라서서 따라오너라."

이상도 작품들이 해외에 번역돼 있어, 해외 바이어 중에 아는 사람이 꽤 있다.

《경성 탐정 이상》 시리즈도 해외에 번역돼 여러 독자들과 만나고 넷플릭스나 왓챠 혹은 영드나 미드 제작사에 영상화 판권이 팔리기를 기대해본다.

4

죽음을 넘어선 미스터리와 영속적인 꿈과 미래

작가로서 데스마스크를 남겨두었는가

이상이 왜 나의 추리소설로 재탄생했는가. 이상이 남긴 미스터리한 시구 때문이다.

먼저 내 소설의 시놉시스와 캐릭터를 보시기 바란다.

이상. 본명 김해경. 곱슬머리, 백구두, 나비넥타이, 줄무늬 바지를 휘날리며 경성 거리를 누비는 모더니즘의 기수. 냉철한 이성과 지성으로 희대의 사건을 수사해 풀어 나간다. 지팡이를 휘둘러 범인을 제압하고 시니컬한 독설가에다가 여성 편력도 무시 못 한다. 암호의 천재. 범인이 놓고 간 단서를 풀어내는 면에서 천재적인 추리력을 발휘한다. 날카로움과 공허한 눈빛이 교차하는 우울과 광기의 천재 시인. 그가 경성의 무시무시한 살인범과 맞선다.

구보 본명 박태원. 일자로 자른 뱅 머리에 대모갑 테 안경, 어눌한 말투, 구겨진 바지. 구인회에 들려다가 이상과 얽혀 살인사건을 수사하게 된다.
말투는 어눌하고 몸짓도 느리나, 암기력, 복기력 등에서 천재성을 발휘한다.
이상이 지나치는 사소한 일들을 기억해 내 그의 추리에 도움을 준다.
사건을 객관적으로 바라본다. 여성 앞에서 움츠러드는 수줍은 성격.

이상과 구보의 작품을 모조리 찾아 읽고서 그들의 작품에서 풍겨 나오는 실제 성격에 소설적 상상력을 가미해 만든 캐릭터다. 이상은 탐정인 만큼 셜록처럼 완력을 쓰는 모습을, 구보는 그를 도와 관찰자적 시점으로 사건을 묘사하는 모습을 넣었다.

이상은 미스터리와 무척 연관이 많은 작가다. 심지어 죽음마저도 그의 시만큼이나 무시무시하고도 희한하다.

이상은 죽기 1년 전 1936년 이화여전 영문과를 다니던 변동림과 신흥사에서 결혼식을 올린다. 그해 9월에 〈날개〉를 발표하고 삽화를 그리는 등 집필을 하다가 10월에 일본으로 건너갔다. 일본에서 문인들과 어울리면서 작품을 발표하기도 했지만, 이내 일본의 자본주의에 실망한다.

1937년 2월 12일 이상은 거동 수상자로 몰려 도쿄 니시간다 경찰서에 갇혔다. 온통 허름한 옷에 머리는 까치집이 되어 수염은 길게 늘어졌고 사상불온이라는 혐의를 받았다 한다. 죽기 직전에 풀려나 친구들이 제국대학병원에 입원을 시켰다. 의사는 어찌 젊은 사람의 폐가 이토록 녹아버렸는지 의심했다고 한다. 형체도 없는 지경이라고 했다.

죽기 직전까지 안간힘으로 무슨 이야기를 끈질기게 꺼냈다는데 그걸 받아 적은 사람은 없었다. 변동림이 임종을 지켰고 어떻게 된 일인지 동료 작가들이 뜬 석고 데스마스크와 하숙방에서 실려 나간 이상의 유고와 그림이 수

레 하나 가득이라고 했는데 행방이 묘연했다. 5월에 돌아온 유해는 미아리 공동묘지에 묻혔으나, 이마저 전쟁을 거치면서 묘비도 없는 무덤은 그만 영원히 그 위치를 모르게 되었다.

한마디로 이상다운 신비하고 미스터리한 죽음이라고 할 것이다.

그가 도쿄를 간 이유도 정확치 않고, 왜 폐가 형체도 없이 녹아 버려 죽음을 맞이했는지, 게다가 노숙하다시피 하며 거리를 배회하다 경찰서에 끌려가 무슨 고초를 겪었는지도 밝혀진 바가 없다.

다만 이상은 김기림에게 보낸 편지에 도쿄 생활을 담았다. 집필 생활을 알렸고, 문학에 대한 치열한 열정도 알렸다.

나는 이런 이상의 죽음을 모티프로 《경성 탐정 이상 1》의 7화 〈이상의 데스마스크〉를 썼다.

소설은 이렇게 시작한다. 이상이 홀연히 일본으로 출국한 이후 구보는 무서운 생각이 불현듯 든다. 그 이유는 이상에게서 날아든 한 장의 편지 때문이다.

구보에게

구보, 잘 있는가? 어떤가? 거기도 더운가? 소설 집필은 잘되오? 경성이 미칠 듯이 보고 싶군. 제비 다방 구석에 앉아 뜨뜻미지근한 커피 잔을 앞에 두고 금홍을 지분거리며 자네와 사건 의뢰를 받던 그런 날들이 미치도록 그립소. 어떻소? 자네는 내가 보고 싶지 아니한가?

나는 오늘부터 자네에게 모든 기록을 남기도록 노력할 것이네. 그동안 일본에 있으면서 겪은 일들을 자네에게 이야기한다면 분명 믿지 못할 것이네. 하지만 그동안의 일들을 기록한다면 분명 검문하는 누군가에 의해 이 편지는 자네에게 도착하지 못할 걸세. 자네는 반드시 내가 남긴 기록을 찾아낼 수 있을 걸세. 내가 지난해 자네에게 남겨 놓은 글귀를 기억하고 있는가? 그곳에 반드시 내가 기록을 적어 보낼 터이니 나중에 찾아보게나. 언제까지 살 수 있을지는 모르겠으나, 그 기록을 본다면 이 치열한 상황을 어찌 이겨 나갔는지 알 수 있을 걸세.

1937년 4월 10일

편지로 시작되는 이상의 죽음과 연결된 사건의 미스터리! 이렇게 이상의 데스마스크 등 죽음의 비밀을 모티프로 단편을 써냈다. 소설에서는 더 길게 썼지만, 시놉시스 상에서는 이 정도로 시작했다.

비록 이상은 1937년 4월 17일 28세의 나이로 갔지만, 그의 모습은 수많은 소설과 영화, 드라마로 변주되고, 그의 시와 수필, 소설과 편지글에 남아 있다.

이상은 병상에서 김기림이 집에 다녀온다는 말에 이렇게 말했다 한다.

"그럼 다녀오오, 나는 죽지는 않소."

이상의 절친한 문우이자, 작가적 동반자 김기림은 훗날 이상 전집을 출간했고, 나중에 조광 잡지에 이렇게 썼다.

> 나는 믿는다. 상은 갔지만 그가 남긴 예술은 오늘도 내일도 새 시대와 함께 동행하리라고.

정말 맞는 말이 아닌가. 이상은 영원하다.

미스터리는 영원하다
- 추리소설 쓰는 40단계 특별 게재

추리소설을 쓰는 40단계를 여름추리소설학교나 도서관 등지에서 강연을 했다. 작가부터 고등학생까지 호응이 좋아, 여기에 원고를 싣는다.

추리소설이나 장르소설을 시작하려는 분들에게 도움이 되길 바란다. 아울러 추리소설의 유일한 진입장벽은 마음속 두려움과 나태함이니 꼭 글을 쓰기 바란다.

추리소설 쓰는 40단계

제가 강연을 많이 다니는데 제일 안 좋았던 것이 초보자들 상대하듯 두루뭉술하게 강연하는 강의였습니다. 도움이 되지 않더라고요. 그래서 저는 오늘 반드시 구체적으로 추리소설을 쓸 수 있는 방법을 강연하도록 하겠습니다.

먼저 **1단계**는 작품의 모티프가 시작돼야 합니다. 《경성 탐정 이상》은 1936년 이상이 창문사에 근무할 무렵 구보 박태원과 찍은 한 장의 사진에서 비롯됩니다. 기이한 액자가 걸리고 벽에 편지 걸이가 걸린 허름한 사무실, 이상은 서스펜더를 차고 권총집 같은 걸 숨긴 듯 보이고 박태원은 뿔테 안경에 뱅 헤어를 한 채 모던한 모습으로 비스듬히 상체를 이상에게 숙이고 있습니다.

저는 이 사진을 보고 런던의 셜록 홈즈 사무소가 바로 이 분위기가 아니겠는가 하는 생각에 '셜록 홈즈와 왓슨이 경성에 있다면'으로 시작하게 되었고 이상과 구보가 그 주인공이 되었습니다.

《섬, 짓하다》는 2011년경 여름추리소설학교에 온 경찰청 프로파일러의 강연에서 모티프를 얻었습니다. 당시에

온 분이 자신은 촉이 좋고 몽타주를 그렸는데 실제 범인과 흡사하다는 등의 이야기를 해서, 촉이 좋고 날카로운 모습의 프로파일러를 등장시키면 어떨까 생각해서 시작했습니다. 이분의 과거에 뭔가 비하인드 스토리를 주려고 학교 폭력 가해자가 나중에 선한 인물로 바뀌어 프로파일러가 되는 설정을 넣었죠.

《봄날의 바다》는 제주도에서 일어난 실제 살인사건을 프로파일링한 글이 특정 사이트에 뜬 해프닝을 보고 시작했습니다. 익명의 유저가 이 사건의 범인이 씨씨 카메라 없는 도로를 이용해 범죄를 저지르고 어디에 유기했다는 글을 올렸죠. 실제 이 글이 사건과 맞아떨어지면서 유저들이 이 남자가 범인이라고 신고하는 바람에 일어난 해프닝이 모티프입니다.

현실에서 글을 올린 남자는 실제 범인은 아니었죠. 그런데 만약 '실제 살인사건 범인이 미제 사건 관련 카페에 댓글을 달아서 사건을 엉뚱한 방향으로 물 타기를 한다면?' 하는 모티프에서 시작합니다.

가장 중요한 것은 작품은 선한 의도, 권선징악에서 시작한다는 것입니다. 나쁜 의도의 작품은 안 됩니다.

소명의식, 사명감으로 시작합니다. 우리가 바로 정의를 구현하는 자가 되는 겁니다.

물론 등장인물이 모두 선하지는 않으나 흐름은 그렇습니다.

2단계로 들어갑시다. 자료를 구하는 겁니다. 《경성 탐정 이상》은 경성 키워드로 인터넷 서점에서 자료를 찾습니다. 최소 열 권을 삽시다. 먼저, 한글로 되어 있고 그리고 재미있다고 소문난 경성 기담, 경성 살인사건, 경성 연애사건 등의 소프트한 주제 이야기를 사는 게 접근이 쉽습니다. 그리고 오프라인 서점도 나가서 직접 자신에 맞는 책을 삽니다. 논문도 좋지만 저는 단행본 소장이 편리합니다. 경성의 사진관이나 최승희나, 김명순 등 최초의 여성 예술인 등 구체적으로 들어가서 관심 가는 부분을 집중적으로 찾고 포털에서 기사도 검색합니다.

제 소설《유랑 탐정 정약용》의 자료를 조사할 때는《정약용과 그의 형제들》등 정약용을 입체적으로 그린 책들을 찾고 동 시대, 정조와 관련된 책들을 쉬운 것부터 구해 읽었습니다.

현대 추리소설은 경찰 관련 자료가 필요합니다.

《수사》, 즉 경찰간부 시험을 보시는 분들이 보는 두꺼운 고시서를 삽니다. 저는 이 책들을 출판사별로 세 권 구해 몇 번이고 읽고 지금도 펼쳐서 참조합니다.

여기에는 경찰들의 일, 직급 그리고 마약의 종류나 진술조서, 간단한 과학수사 기법과 법의학 지식들이 나옵니다. 경찰 조직 구성은 현재 경찰청이나 각 구의 경찰서 홈페이지 들어가서 확인합시다. 많이 바뀌었어요. 그리고 거기에 경찰청사 과별 사무실 위치도 나오니 소설에 넣어요. 과학수사팀은 3층에 위치한다는 등의 팩트를요.

그리고 법과학은《과학수사에 숨어 있는 미세증거물》, 법의학은《죽음의 해석》또는 법의학 의학서적, 과학수사는《현장감식과 수사, CSI》를 구입합니다. 시중에 없으면 수사연구사 등의 출판사에 문의하시고 중고라도 구합시다. 수사연구사에서 출간하는 여러 책은 일선 베테랑 형사님들이 쓴 책들이니 반드시 여러 권을 사서 봅시다.

제가 수십 종의 책을 보고 엄선해 추천드리는 겁니다.

법의학 책은 의학생들이 보는 것도 있으나 실제 감식사진이 컬러로 많이 나와 있어 어느 정도 다른 책으로 익숙해진 다음 구입하시길 권합니다.

범죄심리학 책은 공정식 선생님이나 권일용 프로파일러의 책을 사서 봅시다. 수감자 임상심리보고서 등 실제 프로파일러들이 쓰는 서류 비슷한 게 자세하게 실려 있습니다. 사형수 명단이나 역대 연쇄살인범 등도 리스트가 나와 있죠.

《범죄분석학》, 《프로파일링 이론과 실제》 등 여러 종류가 있습니다.

3단계 책들을 모두 정독합니다. 반드시 포스트잇과 노트를 사용해 내 책 속에 담고 싶은 걸 메모하고 줄치고 적습니다. 한 권의 책을 만들어 내고자 두터운 대학노트 한 권을 다 적어 봅니다. 왜 공을 들이지 않습니까. 내 책을 사 볼 독자를 위해 해 봅시다.

4단계 이대 정문 근처 미스터리 유니온에다 사회병리 현상이나 고독사 등 내가 사용할 소재와 관련한 추리소설을 전화로 예약한 후 사러 갑시다. 입소문이 나서 권해 주는 건 분명히 효과가 있습니다. 쓸데없이 수많은 추리소설을 무턱대고 사 보지 말고 반드시 내가 쓸 책과 비슷한 양질의 추리소설을 봅시다. 시간 절약됩니다.

5단계 소설에 반영할 메모는 반드시 어디든지 적습니다. 휴대폰으로 찍어도 좋습니다. 그리고 돌아다니다 떠오른 메모도 반드시 적습니다. 주변 사람들과 나눈 대화도 기억할 만한 거는 적어 둡니다.

6단계 운동을 해서 두뇌를 활성화시키는 것도 좋습니다. 저는 자료를 읽다가 복잡하면 트레드밀에서 홈쇼핑을 틀고 무연하게 봅니다. 머리가 정리가 돼요.

7단계 과학수사 관련 소설을 읽읍시다. 사회과학서만 보지 말아요. 소설에 응용하는 지혜는 퍼트리샤 콘웰이 법의학 · 법과학 지식을, 마이클 코넬리가 형사 수사 기법 지식 등을 소설 속에 응용하는 걸 보고 익히면서 자료 탐독을 재밌게 합시다.

8단계 관련 소설의 블로거 평을 보거나 최신 트렌드를 익혀 내가 지금 쓰는 소설의 모티프나 구상이 고루하지 않은지 평가해 봅니다. 자기 검증의 시간입니다. 팔릴 수 있는지, 인기 끌 참신한 소재인지 스스로 검열합니다.

9단계 책상 옆에 이 모든 책과 관련된 자료를 정리해서 법의학 하면 바로 몸을 돌려 꺼내고, 법과학 하면 바로 꺼낼 수 있게 두어야 됩니다. 데스크 서가를 두거나 트레이로 책을 이동하며 봅시다.

10단계 자료 정독과 숙성 시간을 거칩니다. 반드시 단편은 1개월, 장편은 3~4개월 이상 시간을 가져 봅시다. 대신 엄청 열심히 탐독해야 됩니다. 태교 기간입니다. 성실하게 하십시오.

11단계 시놉시스를 쓰세요. 드라마 시놉시스처럼 캐릭터를 자세하게 쓰세요. 건물의 설계도입니다. 디테일이 중요합니다. 주인공과 보조 인물 등 모든 인물의 학력, 나이, 성별, 이름도 무척 공들여 짓습니다. 이름만 해도 직관적으로 아주 딱 맞는 게 어느 순간 떠오릅니다. 성격, 입는 옷의 브랜드, 신발의 종류, 얼굴 생김새, 분위기, 키와 체형 모든 걸 적습니다. 주변 사람이나 유명 배우 이름은 쓰지 맙시다. 고정관념이 생기니.

시놉시스대로 가지는 않으나 막히면 다시 시놉시스를 검토합니다.

12단계 작품을 위대하다고 여기세요. 이 작품은 전 세계 75억 인구 중 나 혼자 쓰고 있습니다. 기도를 드리는 등 저마다의 제식에 맞춰 들어가십시오.

13단계 작업 시간을 무조건 하루에 2~3시간 이상은 할애합시다. 엉덩이 힘으로 쓰는 겁니다. 놀아도 책상에서 노세요. 직장인이면 주말을 무조건 할애합시다. 자료 읽는 시간도 저녁 몇 시부터 몇 시까지 따로 두세요.

14단계 장소는 반드시 가 봅시다. 저도 《봄날의 바다》는 제주도 각 지역, 《섬, 짓하다》는 진도의 각 지역 등을 모두 가 보고 썼습니다. 오래 머물 필요 없이 휴대폰 사진과 머릿속 저장 사진으로 모두 메모리하세요. 근데 신기한 게 제가 비행기 타고 가면서 만난 사람들의 이야기가 《봄날의 바다》 시작 부분에 모두 나옵니다. 그리고 KTX 기차 타고 가면서 시작된 망상이나 내려서 카 렌트하던 일화도 모두 《섬, 짓하다》에 나옵니다. 《이웃이 같은 사람들》에는 강동구 고등학교나 산, 동네가 살아 움직이듯이 제가 보고 들은 게 다 나옵니다. 강동구 주민이 소름 끼친다 했어요. 단! 반드시 동네 이름과 학교 이름, 특정 인물은 다 바꾸세요. 〈범죄도시〉처럼 상영금지 가처분 소송 들어옵니다.

15단계 관련 사회 모임에 나가세요. 시나리오작가협회 영상작가교육원, 거울 웹진, 추리작가협회, 괴이학회, 여의도 드라마작가협회 장르반 등 어떤 형태의 교육원이나 작가협회라도 들어가세요. 특히 추리작가협회는 계간 미스터리 잡지를 보거나 홈페이지에 소설 응모를 하세요. 작가협회나 동인지나 교육원 모두 여러분의 친정입니다. 유명 출판사에서 딱지를 맞아도 협회나 동인지 산하 잡지에서는 신인으로서 고료 받고 작품을 발표할 기회를 줍니다. 그럼으로써 계속 집필할 힘을 얻는 겁니다.

16단계 전문 분야 종사자 법의학자, 해부학자, 프로파일러, 과학수사관, 법과학자 강연이나 세미나를 기를 쓰고 신청하고 가세요. 반드시 산 지식을 얻습니다.

쓰는 작품도 줄거리가 바뀌고 풍성해집니다. 관련 유튜브도 보세요.

17단계 폭풍처럼 쓰세요. 자기검열만 매번 거치지 말고 일단 쓰면 끝까지 가세요. 반드시 결말을 내는 버릇을 들이세요. 이게 가장 중요합니다. 투고를 하려 해도 끝이 있어야 합니다. 추리소설은 범인이 밝혀지는 결말이 클라이맥스인데 거기를 안 가고 끝내면 투고도 못 하고 영원한 작가 지망생일 뿐입니다. 작가가 되고자 하면 결말을 지으세요. 저는 영상작가교육원과 영상시나리오학과 대학원 졸업 후 시나리오, 드라마 보조 작가 4년, 소설가로 14년 이상 작가 생활을 했는데 끝을 안 낸 게 두 작품뿐입니다. 최근에 쓰던 아줌마 관련 소설은 내가 다 아는 이야기라 재미없어 포기했어요. 18년간 결말을 안 지은 게 거의 없습니다. 참조하시기 바랍니다.

18단계 쓰다가 막히면 오히려 결말부터 쓰세요. 어떤 시놉시스나 끝에 범인 나오잖아요. 결말을 내세요. 그리고 중간에 생각나는 장면부터 쓰십시오.

19단계 분량 맞춰 쓰십시오 장편은 원고지 1000매 이상, 10포인트로 에이포 120장 이상 쓰십시오. 그보다 너무 길면 신인 작품은 출판해 주기 힘듭니다. 계간 미스터리 응모작은 반드시 원고 100매, 에이포 12~13장 정도로 맞춥시다. 긴 작품은 잡지에 실을 공간이 없습니다.

20단계 다시 한번 말하지만! 반드시 결말을 내세요. 20년간 습작만 한다면 얼마나 답답합니까. 왜 발표하고 응모하고 싶은 생각이 사그라집니까. 저는 공모전 100군데 내서 두 군데 됐어요. 그것도 예전에는 무조건 복사해서 우편으로 부쳤어요. 복사 가게와 우체국 직원이 '작가님 또 오셨습니까' 항상 그랬어요. 그 열정으로 버텨도 떨어지고 또 떨어집니다. 지금은 이메일로 쉽게 보내는데 왜 결말을 못 지어서 응모를 못합니까.

21단계 피드백 합시다. 최소한 세 번 이상 들여다보고 오타투성이 고치세요. 문장은 길면 오류가 생기니까 짧게 치세요. 반으로 잘라요. 그리고 교열도 엉망입니다. 이것도 짧게 해서 어떻든 치세요. 잔인한 장면은 소설 독자는 여성분이 대다수이니 반드시 재고해서 좀 온건하게 씁시다. 히가시노 게이고 소설에는 잔인한 장면이 거의 없어서 대중성을 획득했다는 걸 깨달읍시다.

22단계 특정 사건이라면 세세한 부분 다 바꿉시다. 지명, 이름, 나이, 설정, 장소, 환경 등 다 바꿉니다. 유족들이 계십니다. 허락 못 받으면 바꿔야 됩니다. 그래서 오래된 사건이 모티프로 좋습니다.

23단계 전문가 감수는 단도직입적으로 부탁하는 게 아니라 노력을 들이고 사람을 찾아야 합니다. 어떻게든 작가 모임에 들어와 물어서 건너 건너 부탁하는 겁니다. 모든 일에는 순서와 노력이 필요합니다. 감수를 받으면 작품이 반짝거리고 힘이 생깁니다.

24단계 작품을 세밀하게 메이크업하세요. 설정이나 순서 바뀐 것, 오류 등 많습니다. 일상다반사이고 어느 작가라도 그래요. 세 번 이상 들여다보면서 대화 순서 바뀐 것도 고칩니다. 분명 대화 장면도 이 사람이 이야기할 차례인데, 상대방이 두 번 이야기하는 등 오류 난 것 많습니다.

대사도 그 인물에 맞게 설정했는지 들여다봅시다. 누가 이야기하는지 알 수 있도록 대사체의 구분도 필요합니다.

25단계 추리작가협회나 괴이학회 등 장르작가 모임에 적극적으로 참가해 문우도 사귀고, 목숨을 걸고 노력해야 합니다. 작가의 길은 매 순간 최선, 최고를 지향해야 합니다.

26단계 단편소설은 반드시 에이포 12~13장, 원고 100매에 맞추고 제가 말씀드린 자료로 경찰 수사법, 과학 수사법, 팩트를 모두 정확하게 묘사하고, 사회적 메시지를 모티프 삼아 시작할 때부터 염두에 두세요. 정의나 권선징악 같은 주제 의식은 추리소설의 기본입니다. 내가 사회에 던지고 싶은 이야기를 하는 겁니다.

그런데! 캐릭터 개발은 무척 중요합니다. 형사나 탐정이든 시리즈로 나올 수 있는 캐릭터를 반드시 공들여서 개발하세요. 추세에 맞게 여탐정, 여형사도 현실 지향적으로 쓰고 그리고 남자 배우 전성시대인 만큼 멋진 남성 배우가 맡을 만한 탐정도 만드세요. 프로파일러만 만들지 말고, 경무과 형사도 만들어 보세요. 현장에 나가고 싶은 형사, 얼마나 특이하고 재밌습니까?

이상과 구보 탐정, 정약용과 이가환 탐정 등 역사 속 인물에 콤비를 붙여주세요,

실제 형사나 프로파일러는 2인1조입니다. 왜 우리는 등장인물이 혼자 주저리주저리 합니까.

대사를 치려면 동행할 친구를 만들어 주세요.

27단계 장편은 국내의 추리소설을 보고 책 뒷장(판권면)에 나와 있는 출판사에 투고합니다. 반드시 담당자 이름과 전화번호를 확인하고 이메일이나 주소 알아내서 부칩니다. 저도《훈민정음 암살사건》을 일곱 군데 보냈는데 한 군데가 돼서 대박 났습니다.

28단계 편집자에게서 고치자는 말을 들었으면 이는 출판 신호입니다. '컨셉이 안 맞아서'라는 말은 노(No)입니다. 고쳐 달라면 고쳐 줍시다. 디테일이나 구성의 허점, 대사 등 고칠 수 있는 건 고치지만 범인은 다 틀어야 되니 힘들고, 사회적 메시지 등 작가로서 고칠 수 없는 부분은 상의해 봅시다. 온화하게 소통해서 서로 이해하면 수정은 쉬워집니다.

29단계 교정, 교열 네 번 이상 하면 이는 명품 출판사입니다. 지겨워하지 마세요. 편집자들은 1년 내내 합니다. 우리는 1년에 책 낼 때만 합니다. 공들여 보세요. 책이 가독성 좋아지고 예뻐집니다. 문장을 가르고 치면서 다듬읍시다.

30단계 패턴을 만듭시다. 시그니처를 만듭시다. 왜 범죄자만 습관이 붙습니까. 일주일 중 토요일, 일요일 반드시 몇 시부터 몇 시까지는 자료를 보고 글을 씁니다. 어기지 맙시다. 추리소설 작가들은 늘 같은 장소에서 밥을 먹는 걸 즐겨합니다. 저는 압니다. 추리소설과 집필 이야기

말고는 관심을 먹거리나 장소에 두고 싶지 않아 한다는 걸. 즉, 집필 시간을 내려고 취미나 사교, 영화 감상 등을 포기합니다. 하지만 작품 관련 책, 미드나 영화는 반드시 따로 시간 내 봅시다.

31단계 작가의 자세를 갖춥시다. 저는 교육원, 대학원 모두 6년여를 내쳐 달려 지금까지 구성과 캐릭터 등 그 모든 걸 시나리오에서 배워 왔고 지금도 문장을 헤매면서 글을 씁니다. 작가는 말만으로 안 됩니다. 언젠가 출판사, 드라마 제작사 30군데에서 나를 찾는 날을 기다리면서 현재 찾는 이 없어도 써 봅시다. 가족 사진을 보며, 후원 아동 사진을 보며, 편집자 이름을 되새기며 씁시다. 노량진 스터디처럼 하루 세 장이라도 문우와 약속해서 반드시 씁니다.

웹툰 작가의 성실성을 봅시다. 그들은 일주일 내내 그립니다. 나인 투 식스입니다.

32단계 추리문학연구회, 여러 작가협회, 교육원 문우, 다양한 작가 모임 등 다 나갑시다. 홀로 작품의 볼륨 잡는

법이나 작가 생활의 노하우를 익히기 힘듭니다. 그리고 어떤 단체나 행사, 다른 직군 단체 등 파고 들어가 보세요. 아웃사이더는 힘들고 얻는 게 제한됩니다.

33단계 누가 좋다고 한 미드, 영화, 책은 챙겨 보고 느껴 봅시다. 사회현상의 소외감, 인간성 회복 등 주제는 같지만 외피는 트렌드를 입혀 청년 문화를 연구해 봅시다. 트렌디하게 써 봅시다.

34단계 소설은 기초 투자 비용이 적습니다. 하지만 명예를 얻고 나중에 책이 쌓이면 돈도 많이 법니다. 하지만 돈이나 명예 때문에 글 쓰는 작가는 적습니다. 모두 자기가 좋아서 세계를 만들어 단어와 문장으로 표현하고 독자와 소통하고 싶어 합니다. 캐릭터를 사랑해서 세상에 내보내고 싶고, 영원한 예술을 꿈꾸며 글을 씁니다. 반드시 작가라는 직업을 존경하고, 되고 싶어 하도록 노력하세요.

작품이란, 나라는 브랜드를 글이라는 무기로 표현하고 내 생각을 캐릭터에 입혀 세상과 사람들과 소통하는 겁니다.

35단계 추리소설 작법서 20년간 많이 안 나왔습니다. 한국에서 누군가 쓰면 대박입니다.

36단계 내 작품의 단점과 독자들이 원하는 것을 파악해 내 작품을 수정하고 덧입힙니다. 항상 안테나를 세워 세간의 트렌드를 캐치합시다.

남의 말을 들읍시다. 내 작품 보여 주었는데 '별로다', '이상하다', '이건 아니다'라는 평을 동료들 몇에게 들으면 당장 방향을 바꿉시다. 어떻게 수정하든 모티프를 다시 잡고 캐릭터를 다시 잡든 바꿔 나가 봅시다. 그래서 교육원 문우가 중요합니다. 협회 동료가 중요합니다.

37단계 관찰을 합시다. 캐릭터는 실생활에서 건져 올립니다. 주변의 모든 사람을 관찰하고 특히 누군가 아주 특이한 삶의 궤적을 살아온 사람을 만나면 반드시 그 사람을 캐고 취재하고 조사해서 내 소설 속 인물로 넣어 봅시다. 저는 하루키 소설에 나오는 덴고 캐릭터를 자신과 동일시하는 가락시장 청년 등을 만나 취재를 여러 번 한 덕분에 소설 속 인물을 얻었습니다.

38단계 여행입니다. 아무 생각 없이 떠나도 좋지만 작품 배경이라면 반드시 촉을 세우고 갑니다. 근데 여행에서 아무 생각 없이 지나치면 안 되고 만난 동물, 만난 사람, 만난 카페, 만난 환경을 작품에 넣어 봅시다.

39단계 작품이 나오면 미친 척하고 홍보합시다. 내 새끼는 세상에서 제일 예쁩니다. 자비로 내 책 사서 감독이나 제작자에게 돌린 적 많아요.

40단계 정리하자면 무조건 용기를 내서 주인공 이름과 제목을 정하고 줄거리를 써서 들어가고 끝까지 써냅시다!

이렇게 강연 원고 게재를 마친다.

작가는 영원하다. 작품이 영원히 남기 때문이다. 그러므로 함부로 쓸 수도 없고 써서 그냥 출판이 되는 것도 아니다. 자기 비용으로 출판했다 하더라도 독자의 선택을 받고 좋은 평을 받아야 경력을 이어 나갈 수 있다. 그걸 염두에 두고 시작하라.

에필로그

지금까지 이상과의 인연과 그의 작품 그리고 나의 추리소설과 인생에 대해 길게 이야기했다.

참으로 보람찬 집필 과정이었고 나의 첫 에세이집이면서 다시금 추리작가로서의 긍지를 느낄 수 있는 기회였다고 생각한다.

이상은 시인, 소설가, 건축기사, 카페 주인, 조선공학회 임원, 표지 디자이너, 삽화가, 캘리그래퍼이자 연인, 아들, 친구, 수양아들, 오빠, 형 등 유행어로 표현하자면 다양한 주 캐릭터와 부 캐릭터를 지닌 사람이었다.

그런 이상이 오래도록 살았다면 아마 탐정을 했을지도 모른다는 생각도 해 본다. ^^

그동안 이상의 시와 소설을 끼고 살았는데 늘 현대 문물을 패러디해 말하는 것처럼 재치 있는 문장을 보다가 '아!' 하고 감탄해 왔다. 그만큼 시공을 초월한 인물이다.

올해는 이상 탄생 110주년이다. 만약 사회적 거리 두기 지침이 없었더라면 그의 생일이 있는 가을에 많은 행사가 있었을 텐데 아쉽다. 한편으로 내년은 111주년이니 2021년에 코로나바이러스 면역제가 나오면, 반드시 좋은 행사가 이어질 거라 본다.

마지막으로 이상의 작품을 오래도록 읽은 독자로서 이 책을 통해 그의 성격은 무척 경쾌하고 밝다는 것을 말하고 싶었다. 〈권태〉라는 수필에서 경성을 무척 그리워

하듯, 그의 작품 곳곳에는 신문물을 칭하는 온갖 외래어가 가득 등장한다. 그만큼 호기심이 가득하고 미래에 대한 열망으로 가득 찬 시인이었다. 그간 여러 매체로 형성된 어두운 면보다는 도회지의 싱그러움을 누구보다 사랑하고 온갖 상상을 머릿속에 가득 채우는 밝은 면이 많은 사람이었다.

만약 그가 《경성 탐정 이상》을 본다면 이렇게 말하지 않았을까.

"나는 참 그런 이상스러운 흉내를 내었소."

이상의 〈꽃나무〉에 나오는 구절인데 탐정을 흉내 냈다고 유쾌하게 말하는 그가 선연히 그려진다.

마지막으로 이 책을 이상 탄생 110주년 기념으로 낼 수 있게 문을 열어준 북오션 식구들에게 무한 감사를 드린다. 무척 뜻 깊은 나의 첫 에세이 집으로 영원히 기억에 남을 듯하다.

끝

이상과 나 사이